『遺伝子スイッチ・オンの奇跡』②

「ありがとう」100万回の奇跡

（オマージュ）

「ありがとう」はサムシンググレートへの感謝の祈り

（筑波大学名誉教授）村上和雄

工藤房美さんとの出会いは感動的でした。

彼女はガンと宣告され、その病床で私の書いた本『生命の暗号』（サンマーク出版）を読み、そこに希望を見出し、遺伝子のスイッチをオンにしてガンを克服した――という手紙をいただいたのです。それを契機に交流が始まり、何度か講演会などで工藤さんと会い、お話を聞くたびに、私の考えを身をもって実証してくれている彼女に、大変ありがたいと思っていました。

その彼女がご自身の体験談を講演していると聞いて、ますます嬉しく思いました。彼女は私の考えを実証してくれた上に、その体験を講演してくださっているというのですから。私はいつか工藤さんと一緒にお話させていただく日が来ることを願っていました。

奇しくも夢見たその講演会当日（平成二十八年四月十六日）。工藤さんの住む熊本で大震災が起こったのです。このタイミングでの天からの厳しい試練は何を意味しているのでしょうか。会場へ向かいながらそんなことを考えていました。

工藤さんは前日から東京に来ていて無事でした。けれど、残してきた家族やお店のスタッフのことを思うとその心配はいかばかりであったろうかと思います。地震のさなか、家族やスタッフに背中を押されて東京の講演会に来た工藤さんの講演はみんなの願いを一身に背負っているかのようでした。講演は大成功でした。一緒に講演会をしたいという私の夢も叶いました。

そしてその年の夏、『月刊致知』（致知出版）で、工藤さんとの対談が実現しました。工藤さんは私に宛てた手紙の中で宣言したとおり、遺伝子の喜ぶ生き方を追求しています。ガンを克服してからもなお、感謝の生き方の中で、日々、遺伝子を目覚めさせています。

今度の本を拝見すると、工藤さんは以前にもまして、ご自分の遺伝子をスイッチ・オンさせていることが読み取れます。人々の現実の悩みや苦しみに寄り添いながら、その根源に思いを馳せ、深いところでそれを少しでも減らそうとしているようです。工藤さんの進化は、障がいを持った人との対話や、妊婦さんのおなかの中の赤ちゃんとの会話、亡くなった方との魂レベルでのコミュニケーションの様子など、「この人の変化はすごいな」と深く敬意を表さざるを得ません。

嬉しいことには、工藤さんは何より人生を楽しんでいるようです。ガンを克服してから生き方がまったく変わったようですが、とても自然体で、どこかに力が入っているようにも見えません。身がまえない、そんな自然さがますます遺伝子を喜ばせているのでしょう。さすが、わが同志です。

工藤さんはお会いするたびに、「先生のお書きになった本のおかげで、私はこうして生きています」とおっしゃいますが、私の書いた『生命の暗号』をこれほど深く読み込んだ人はいないのではないかと思います。『生命の暗号』は十五ヵ国語に翻訳され、何十万部も売れている本ですが、九五パーセントもの遺伝子が眠っているというところを読んで、そこに希望を見出した人は少ないと思います。そこに素直に感動して、どうしたらその遺伝子を目覚めさせることができるのかと考えた工藤さんの、子どものようなピュアさが、実際に彼女の遺伝子をオンにしたのではないかと思います。直観的に遺伝子に「ありがとう」と言おうと思ったのは、そこに大きな「愛」と「思いやり」があり、深く考えずに「ありがとう」と言いたくなったから言った——そのシンプルさがよかったのだと思うのです。拙著『人は何のために「祈る」のか』（祥伝社）の中にも書きましたが、私は「祈り」にはふたとおりあるのではないかと思っています。一つはサムシンググレートに対する感謝の祈りや、他人に対する愛や誠に満ち溢れたもの。もう一つは自己中心的な、単なるおねだり的な祈りです。私は、まごころのある祈りの治療効果にも、遺伝子のオン・オフが関与しているという仮説を立てています。

工藤さんが自分の遺伝子に「ありがとう」と唱えたのは、自分の遺伝子に対する感謝の祈りであり、自分の遺伝子、つまりサムシンググレートが創造したものへの畏敬の念であると言えると思います。工藤さんが自分の遺伝子に伝えた感謝の気持ちは、サムシンググレートへの感謝の祈りであった。

そう考えると、工藤さんの祈りはしっかりサムシンググレートに届き、祈りが効果を発揮した、と言えるのではないかと思います。

工藤さんはすでに十年以上、「ありがとう」の生き方を続けてきました。「ありがとう」という感謝の気持ちを持つことが「祈る」ということと通じるものであるならば、工藤さんの生き方は「生命をその根源から生きる」ということであり、生きることが祈りになっていると言ってもいいのかもしれません。

人は大昔から祈ってきました。

どうして祈るのですか？　と問われたら、「祈りたいから」なのかもしれません。祈るという行為は何か特別なことではありません。呼吸するように自然に祈ること。生命をその根源から生きること。祈りとは生き生きと生きること。工藤房美さんの生き方はそれを体現しているのだと思います。


（オマージュ）

『遺伝子スイッチ・オンの奇跡』②

「ありがとう」100万回の奇跡……目次

（第二章）**宇宙とつながる**

カバー絵・装幀……………………　川村　康一

（プロローグ）

「私はあとどのくらい生きられるとですか？」

ある日の熊本市民病院の診察室。

「きみはガンだよ。なんで、こげんなるまでほたっとったんだ！」（ほたっとった――放っておいた）と、私は産婦人科の先生から太ももをピシャッと叩かれ、怒鳴られました。

忘れもしない平成十八（二〇〇六）年五月一日、ガン告知の瞬間です。

怒鳴られたことが気になり、待合室で順番待ちをしている人の耳にその声が届いたのではないかと、なぜかそればかり気にしていました。ガンという言葉が頭の中でこだましているのですが、事態を受け止められずにいたのです。

緊急で手術することになりました。

切羽詰まった状況でした。ガンという事実をなかなか受け入れられない私の気持ちとは裏腹に、検査、入院、手術――と、現実だけが先走っているように感じていました。気持ちが追いついていきません。

それでもどうにか心の中を整理して、いよいよ明日から入院という日、三人の子どもたちに遺書を渡しました。子どもたちのことが何より気がかりだったのです。ガンという事実は告げず、ただ手術すると伝えました。もしものことがあったら読むようにと書き遺したのです。そのとき私にできる精一杯のことでした。一人一人の息子にありがとうの思いを込め、強く生きてと一晩で書きました。

突然母親から遺書をもらった三人は、どんなに辛く悲しい思いをしたことでしょう。

手術の前日、入院しました。

いよいよです。恐怖と緊張で体がこわばっています。

その夕刻、執刀する主治医の先生が暗い顔をして部屋にやってきました。そしてこうおっしゃるのです。

「あなたのガンが広がりすぎていて、手術ができません」

悪いところさえとってしまえば元気になる。そう期待していた私は一筋の希望を絶たれ、途方に暮れました。あまりのショックに涙も出ません。

私が出会った一冊の本

手術の代わりに、止血のための放射線治療と、ラルスという治療をすることになりました。

手術ができないと言われ途方に暮れていたのですが、別の治療方法を示してもらったことで、ほんの少し希望を持つことができました。けれど、その治療はとても辛く、苦しいものでした。

その治療中に、私は一冊の本と出逢いました。筑波大学名誉教授、村上和雄先生のお書きになった『生命の暗号』（サンマーク出版）という本です。逃げ出したいと思うほど辛いラルスの治療を翌日に控えたその日、知人が届けてくれたのです。その本には、村上和雄先生が長年研究をなさっている「遺伝子」について書いてあります。遺伝子やバイオテクノロジーなど、なじみのない言葉に最初は戸惑いました。けれども、ページをめくっていくうち、それまでまったく知らなかった遺伝子の働きを知るようになり、自分にも計り知れない可能性が秘められているのだとわかってきたのです。明日の辛い治療のことなどすっかり忘れて、夢中でページをめくっていました。

「人間の遺伝子のうち、実際に働いているのは全体のわずか五パーセント程度で、そのほかの部分はまだよくわかっていない。つまり、まだオフになっている遺伝子が多い」

本の中にその文章を見つけたとき、私は思わず、「ばんざーい！」と大声で叫んでいました。夜中、カーテン一枚を隔てて、隣のベッドではガン患者さんが眠っています。私の眠っている九五パーセントの遺伝子のうち、よい遺伝子が一パーセントでもオンになったら、私は今より少し元気になるかもしれない。それなら私にもまだ希望があるかもしれない。単純にそう思ったのです。私にとって大きな希望でした。

本にはさらにこんなことも書いてありました。

「お父さんの染色体が二十三個で、お母さんの染色体が二十三個。一組の両親から生まれる子どもには七十兆通りの組み合わせがある」

つまり私たちは七十兆分の一の確率で生まれてきたというのです。「その確率を例に挙げると、一億円の宝くじに百万回連続して当たる確率とほぼ同じ」とあります。私たち一人一人は、そんな天文学的な確率を潜り抜けてこの地上に生まれてきたのです。私は生まれて初めて、「人間に生まれてきて良かった」と、心からそう思いました。

「人間の英知を超えた大自然の力としか言いようのない存在」のことを、村上和雄先生は「サムシンググレート」と名付けられました。「そういう存在や働きを想定しないと、小さな細胞の中に膨大な生命の設計図を持ち、これだけ精妙なはたらきをする生命の世界を当然のこととして受け入れにくい」。そう書かれています。

本を読みながら、私はサムシンググレートの大きな愛に包まれていました。明日の辛い治療のことも忘れ、穏やかな気分になっていました。ガンになったからこそ、自分が七十兆分の一の奇跡の存在だということに気付くことができたのです。私はあとどれくらい生きていられるかわかりません。けれど、今このときに、私という存在の尊さに気付かせていただいたのです。こんな大事なことも知らずに、このまま人生を終えるところでした。

「ありがとう」に宿る力

私は思いました。私という存在を、生まれてからこれまで支え続けてくれた自分の体の細胞と遺伝子一つ一つに、お礼を言ってから死のうと。あとどのくらい生きられるかわからないけれど、こんな天文学的な確率で生まれてきた私の存在自体が奇跡です。そんな私がこうして四十八年間、工藤房美として生きてこられたのは、私を形作ってくれている遺伝子のおかげです。その遺伝子の一つ一つに感謝の気持ちを伝えたい——そんな気持ちが、自然に湧いてきました。

そう思い付き、体中の細胞と遺伝子に「ありがとう」と言いはじめました。私には時間がありません。翌日ラルスという辛い治療が始まり、痛みをこらえられるようにと口にタオルが詰め込まれるまで、「ありがとう。ありがとう」と唱え続けました。

不思議なことが起こりました。あれほど辛く耐え難かった治療がその日はまったく痛みを感じなかったのです。いったい何が起こったのでしょう。私の感謝の気持ちが眠っている九五パーセントの遺伝子に届いたのでしょうか。「ありがとう」という言葉には何か特別な力がある。それは眠っている遺伝子を目醒めさせるキーワードなのでしょうか。そうに違いない。そう直感していました。何より「ありがとう」と言うと、とても気分が良くなるのです。私は自分の体の細胞と遺伝子一つ一つに「ありがとう」を言い続けました。

それから約一ヵ月半後。

私の子宮からガン細胞はすっかり消えてなくなっていたと告げられたのです。その子宮ガンがすべてきれいに消えているというのです。こんなことがあり得るのでしょうか。

耳を疑いました。手術もできないと言われたほど深刻な状態でした。その子宮ガンがすべてきれいに消えているというのです。こんなことがあり得るのでしょうか。

それと同時に、ありがとうに宿る力は確かだという思いが一層強くなりました。私の中の眠っている遺伝子が「感謝の気持ち」を受け取って眠っていられなくなり、私という人間を生かすという本来の仕事を始めてくれたからなのではないか。そうに違いありません。

しかし、間もなく放射線治療室から呼び出された私は、ガンの転移を宣告されました。あちこちに転移しているというのです。深刻な状況でした。幸福の絶頂からいきなり奈落の底に突き落とされたようでした。そのギャップに気持ちがついていきません。混乱したまま主治医の先生の静止を振り切り、その日は逃げるように家に帰ったのです。

そして数日後、再び呼び出された病院で、意を決して尋ねたのです。

「私はあとどのくらい生きられるとですか?」

「私はあとどのくらい生きられるとですか？」

ガンの転移が告げられた後、私が主治医にそう尋ねたのは、治療がうまくいけば何とか助かりますよ、などという言葉を期待していたわけではありません。あとどのくらいの時間が残っているのかわかれば、やり残したことを計画的にやってしまえる――そう思ってのことでした。

帰ってきた答えは、

「あと一ヵ月もありません……」

主治医の先生方の様子からしても、私の状態が深刻であることは明らかでした。でもまさかあと一ヵ月！　覚悟を決めて質問したはずでしたが、一瞬、思考回路がフリーズしてしまい、周りの景色が凍り付きました。無意識に呼吸を止めてしまっていたせいで息苦しくなり、思わず大きく吸い込んだ空気をやっと吐きだすと、私の心は麻痺して何も感じることができなくなっていました。そしてしばらくすると、ある一つの感情が湧いてきました。悲しいとか、やりきれないとか、そんな感情ではありません。焦りでした。「こうしてはいられない」という切羽詰まったものだったのです。

六十兆個の遺伝子に、どうしても伝えたかった「ありがとう」

私は自分の細胞と遺伝子一つ一つにお礼を言ってから死のうと決意していました。それからというもの、夜も昼もなく自分の遺伝子に「ありがとう」と唱えてきました。けれども残り数週間で六十兆個すべての遺伝子に「ありがとう」を伝えるには、あまりにも時間がありません。数週間後には、私という人間はもうこの世にいなくなるかもしれません。当たり前のように今ここにあるこの体は、この世界から消えてなくなってしまうかもしれないのです。無意識に膝の上でむすんでいた自分のこぶしがぎゅっと硬くなっています。私はそのこぶしをじっと見つめていました。

これまでねぎらいの言葉の一つもかけてあげることもなかった手。私の意思に従って何でも言うことを聞いてくれた手。愛しい子どもたちとつないだその手の温かい感触さえも、水蒸気のように消えてなくなるのでしょうか。

それならばどうしても、これまで私という人間を形作っていてくれたこの体——髪、まつげ、目、耳、鼻、口、心臓、肝臓、腎臓、足、足の指――すべての細胞と遺伝子に感謝の言葉を伝えたい。「今まで本当にありがとう」と言ってから死にたい。改めて、強く、そう思ったのです。

「ありがとう」という感謝の気持ちは、私の細胞と遺伝子に確実に伝わっていたはずです。現に子宮にあったガンはちゃんと私の感謝の気持ちを受け取って、サムシンググレートから授かった元の元気な姿に戻ったではないですか。九五パーセントの眠っていた遺伝子が、少しだけ目を覚まして活動を始めたに違いありません。最後の最後、私の体がなくなってしまう前に、少しでも多くの眠っている遺伝子を目覚めさせることができたらどんなに嬉しいでしょう。今この体の活動を止めてしまっては、一度も目覚めることなく消えてしまう遺伝子に申し訳ないような気がしていました。時間がある限り、命ある限り、一回でも多く「ありがとう」を言い続けよう。

私に明日はないかもしれません。夜、眠りについたら最後、二度と目覚めることはないかもしれない。寝る間を惜しんで、ありがとうと言い続けました。

抗ガン剤の影響で髪の毛がごっそり抜け落ちていきます。その一本一本に「ありがとう」とお礼を言ってから捨てました。朝目覚めると、再び朝を迎えることができたことが嬉しく、感謝の気持ちがあふれ、お礼を言わずにはいられませんでした。朝日を浴びると、ああ、私は生きている――そう実感できます。すると、目に映るもの、感じるすべてのものに「ありがとう」と言いたくなります。ああ、私は生かされている。この世界のすべてのものが愛おしく、何もかもキラキラと輝いて見えました。

私はこの世界に七十兆分の一の確率で選ばれた存在なのです。この世界の調和の中に欠くことのできない存在なのです。この世界の一つの歯車として使命を与えられ、「私」であることでその使命を果たしているのです。そのことに大きな誇りを感じました。

だから命ある限り自分の体にお礼を言おうと思ったのです。ガンが治ることを祈って「ありがとう」と唱えていたのではありません。この世界にあるものは全部サムシンググレートが用意してくれたもので、一つとして欠けることなく私たちに必要なものなのだ。つまり人も物も関係なく、サムシンググレートの創造物であり、全体で一つなんだ。そう思うとますます感謝の気持ちが湧いてきました。

彼らと私、それらと私。そう区別していたものはただの幻想だった。この世界こそ「私」なんだ。

ガン細胞を私の敵だと思ったことはありません。「ガンと戦う」とか、「闘病」という言葉も違うと思います。ガンと敵対し、それを退治することを目標にしても、自分の大切な一部分を敵に回すようなものです。ガンも私の一部なのです。ガンは敵ではなく、私の大事な一部です。ガンはただ、体からのメッセージにすぎなかったのです。もっと自分を癒しなさいというサインだったのだと思います。だとしたら、自分の一部を敵とみなして退治しようとすることは逆効果ではないかと思ったのです。自分を癒すこと。とりわけ自分の思いに正直になり、偽りのない自分自身を生きること、それこそ自分を癒すことではないかと思いました。

私は「病気を治す」という目的で毎日病気と向かい合うことをやめ、ただ毎日ワクワク、自分自身でいることを楽しむことにしました。余命一ヵ月と言われてからは、自分はガンになったから不幸だとは思っていませんでした。今この瞬間が幸せなら、私は幸せ。ガンが私の幸不幸を左右するものではなかったのです。この瞬間を最高にハッピーに生きることができたら、余命が一ヵ月でも五十年でも同じなのです。

そんな日々に変わりました。

気が付くといつの間にか体が軽くなり、とても気分が良くなっています。余命一ヵ月と告げられてからおよそ半年が経とうとしていました。

私のガン細胞は一つ残らず正常な細胞に生まれ変わっていたのです。手の施しようもない子宮頸ガンと告げられてから十ヵ月が過ぎていました。私の体はサムシンググレートからいただいた、そのままの健康な体に戻っていたのです。

（第一章）

遺伝子が喜ぶ生き方

新しい冒険の始まり

あのガンの宣告からおよそ十二年が経ちました。

人生における私の優先順位は大きく変わりました。

「遺伝子が喜ぶかどうか」

これが私の生活の基準になりました。

私はこれまで以上に自分の体に関心を持ち、細胞と遺伝子一つ一つに「ありがとう」を言い続けています。そして自分の体だけではなくすべてのものに感謝し、どんなことも楽しんでいます。「この地上に七十兆分の一の奇跡の確率で生まれてきた」という事実はいかなる状況でも私をワクワクさせてくれ、たとえ辛く苦しい状況であっても、自分を知るためのプロセスであるということを知りました。以来、怖いと思うことは一つもありません。私はこの地球に望まれて生まれてきたと思うことができるようになり、そんな私にできないことは何もないと信じるようになりました。

目に映るものは何もかも面白く、毎朝目覚めると、新しい冒険の始まりです。目覚めと同時に大きく深呼吸して、今日も目覚めることができたこと、そしてまた新しい一日を迎えられたことに「ありがとう」と心から感謝します。これまでも同じ景色を見ていたはずなのに、毎朝まるで輝きが違うのです。新しい出来事に出会うたびに感動してしまいます。子どものようにはしゃぎ、もっとあれこれ知りたくてワクワクしています。私はこれまでとても小さな世界で生きていたのだと知らされました。「知っている」と信じていた世界は実はとても小さな世界で、見えていたものは、この世界のほんの一部のモノクロの景色だと気付かされました。私は自分が信じるものしか見ようとしていなかったのです。本当の世の中は知らないことだらけで謎に満ちていて、私の冒険心をくすぐります。ドキドキ、ワクワクせずにはいられないのです。

完璧なハーモニー

ガンになる前の私は、目の前の現実に翻弄されて、ただ必死に生きていたと思います。小さな世界に住み、その世界のすべてを知っていると思い込み、自分が思い描く現実を小さな世界の中で具現化し、それを維持していくのに必死でした。二交代制の会社に勤めていた私は、昼も夜もなく働きづめでした。一睡もせずに子どもたちにお弁当を作って送り出す毎日。わが身を顧みることなど考えられませんでした。そこにある現実を維持するために走り続けなければならなかったのです。

一見、日常は日々変わらず繰り返されているようでした。けれども、現実という小さな世界の中で、子どもたちは成長し、私は年を重ね、家を新築したり、すべては少しずつ変化していきました。いつしかその現実が手に余るようになり、制御を失っていきました。

今の私は、目の前の現実をただ見守っています。自分の思うように操作し、それを維持しようとする行為は、自然な流れを乱してしまうように思うからです。

「私たち一人一人は七十兆分の一の奇跡の存在である」という村上和雄先生の文章を読んだときの感動は今も色あせません。それまで自分の存在を正当に評価できていなかった私は、その一言で自分という存在の大事さを知ったのです。自分の本当の価値を知らないまま
もし一生を終えてしまったら、私のこの人生は何だったのでしょう。この事実を私は絶妙なタイミングで知ることができました。サムシンググレートのお計らいに感謝せずにはいられません。

愛しい三人の子どもたちも、親戚も友達も、みんなみんな七十兆分の一の奇跡の確率でこの世に存在しているんだ。みんなこの地球に望まれて生まれてきたんだ。この病院中の人が、熊本中の人が、日本中の人が、そして世界中の人が……そう思った瞬間、なぜか私の意識は地球を飛び出していました。そしてはるか上へ上へと上がっていき、気が付くと、宇宙のかなたから青い地球を見下ろしていました。

「みんな良かったね。良かったね。地球に生まれてくることができて本当に良かったね」

あふれる涙をぬぐうこともせず、そう繰り返しながら、私は地球を抱きしめています。

点々と光って見えるのは人間です。その一人一人が七十兆分の一の奇跡の存在だと思うと、愛おしくてたまりません。しかしそれよりももっとキラキラ輝いていたもの。それは私たちの周りの大自然でした。大自然はほんわかとした優しい光で、人間たちを包み込んでいるようでした。大自然がすべてを人間に差し出してエネルギーを分け与えている様子が、私にははっきりとわかったのです。

大自然はみんなに平等に行きわたるほどの資源を準備してくれています。必要以上に手に入れなくても、すでにそこにあるのです。分け与えさえすれば、飢餓に苦しむ人も、この世にはいなくなることでしょう。

「分け与える」ということは、美しい愛の行為に他ならないと思います。余り物を分け与えるのは当然のことです。自分に必要のない物を必要としている人に譲るというのは、分け与えるというのとは違います。自分の必要な分から少し取って与えるという行為。それは人間だけが持ち合わせている、愛の表現だと思います。そのことで自分の分が少し減ってしまったとしても、次に自分が困っているとき、誰かが分け与えてくれるかもしれません。その循環はとても自然な流れとして、目に映りました。争いによって奪い合うのではなく、分け与えることができれば、私たちは皆満たされるのです。

宇宙空間から地球を眺めると、すべてのものはそれぞれその役割を与えられ、それは完璧なハーモニーを奏でているのがわかりました。誰一人を除いても、どれか一つの物を除いても成り立たないのです。すべては最初から美しい調和の中にあるのだと知りました。サムシンググレートが完璧に準備した流れに、私たちはただ身を任せていればいいだけなのだと思いました。

私が見たもの、それは完璧なハーモニーでした。私の意識がこの地球を飛び出して宇宙空間で感じたその素晴らしさ、すべてが整っているその明晰さを言葉で説明しようとしても、なかなかうまく言い表わせません。

バランスと言うと、少し違う感じがします。

バランスというのは両極があって均等を保っている状態ですが、ハーモニーというのは、いろいろな要素が入り混じっているのに、一つ一つの個性がしっかりと際立ち、全体が釣り合っていて、矛盾や、衝突や、疑うことや、そんなものがなく、整っている状態。パズルのように、どれが欠けても成り立たない状態だと思います。

人の出会いはよく、縦の糸と横の糸で織られた織物に例えられます。サムシンググレートはその織物の制作者であり、サムシンググレートの思い描くデザインどおり、布は織られていきます。

一人一人はそれぞれ、その時々で色を変えて横の糸と交差しながら織り込まれていきます。横の糸は出会うべきすべての人やモノや出来事です。その横糸もまた、その糸の進むべき方向にまっすぐ織り込まれていきます。一人一人もそれぞれその時々で、糸の色は変わっていきます。明るい色で織られるとき、暗い色で織られるとき。糸は出会うたびに色を増し、それが絶妙な色合いを生んでいくのです。

ところが糸である私たちには、その織物の全体像を見ることはできません。その布がどんな風に織られているか、どんな模様でどんな全体像をしているか、どんなに完璧に織られているのか、知ることはできません。その織物を見ることができれば、自分がいかに完璧な全体の一部であるか、どれ一つも欠けることなくこの世界に必要なことなのだとわかるでしょう。

宇宙空間に飛び出した私が見たものは、まさしくその織物でした。デザイン、色、構図、その織物はすべてにおいて完璧なのです。微妙な織り方の違いや配色の変化があり、それでいて織物のどこを見ても同じ景色はありません。個性的で、ユーモアがあり、そして完璧に調和しているのです。

私はそれを知ってしまいました。それを知った以上、何が起きたとしても、それはサムシンググレートからのギフトであり、今それが必要だから体験させていただいているだけ。抗《あらが》わず、受け入れ、サムシンググレートに私の人生の舵《かじ》を手渡したとき、私はやっと、「こうあるべきだ」という思いから解放されました。もう、自分や、他の誰かや、起こる出来事に対して、自分を取り繕《つくろ》う必要はなくなりました。そのままの自分でいることで、ハーモニーは完璧なのです。自分に制限をかけるような思い込みは、本来の宇宙のほどよい流れを止めてしまうのだとわかりました。

自分が「こうあってほしい」という現実だけがこの世の中に存在するのではなく、あらゆる可能性が存在します。サムシンググレートが創造したこの世界は、人知の及ばないことだらけ。私たちはそれを知るためにこの世界に生まれてきたのだと思います。サムシンググレートが操縦する「大船に乗って」、受ける風にまかせて優雅にクルージングを楽しむのです。「知らなかったこと」「これまで受け入れられなかったこと」を発見して覗いてみるなんて、なんてスリリングな体験でしょう。こんなワクワクする体験に、まだ眠っている私の遺伝子たちも起きだして、一緒に冒険を楽しんでいるに違いありません。

遺伝子が喜ぶ職場

すべてが完璧なハーモニーであると知ってしまった今、起こる事態に身がまえることがなくなりました。そして、どんな意外な展開がやってきても動じなくなったのです。

「こうでありたい」「こうでなくてはならない」という思いはどこかに消え、代わりに心は自由を手に入れました。あれこれ迷うことはなくなりました。私の判断基準は実にシンプルです。

遺伝子が喜ぶかどうか。

その基準で、私にとって心地良い選択をしていると、私の周りの環境もなぜか劇的に変わっていきました。

まず、長年勤めた仕事を思い切って辞めたのです。ガンと宣告されてからちょうど一年ぶりに元の職場に復帰することができ、そのことはとても嬉しかったのですが、ガンになる前と同じ状況に身を置くことで、ただ日々をこなしていくという毎日に逆戻りすると、それでは人生を楽しむことができなくなるような気がしました。そうなっては私の遺伝子が喜ぶはずはありません。新たに働く場所を探しました。

当然ですが、五十歳を過ぎてからの就職活動は難航しました。しかし、「遺伝子が喜ぶ」職場を探すのに妥協はしたくありません。ほどなく、近くのショッピングモールの中のインド料理店で働くことになりました。

そのときの私には知る由もないことだったのですが、このインド料理店で働くことになったことが、のちに私の人生に大きな影響を与えることになります。サムシンググレートの大船に乗って人生の舵を任せ、遺伝子が喜ぶことを選択していると、驚くような出会いや予期しなかった出来事に導かれていきました。

ネパール人コックさんの驚き

そのインド料理店の厨房では数人のネパール人コックさんが働いていました。最初、慣れない私は娘ほどの年齢のアルバイトの女の子にいろいろ教えてもらっていました。ほとんど日本語を話せないネパール人コックさんとのやりとりはトンチンカンで、言いたいことが伝わらずイライラすることもありました。何もかも初めての経験で、戸惑いもありましたが、それでも毎日が楽しく充実していました。何よりも、ネパール人のコックさん達との文化の違いや考え方の相違が興味深く、驚くことばかりだったのです。

勤めてまだ日の浅いある日、こんなことがありました。

ネパール人コックさんのトプラルさんは、陽気で人懐っこく、慣れない私にいつも笑顔で話しかけてくれました。トプラルさんの片言の日本語を理解するのは大変でしたが、それでもなんとなくお互いの言いたいことは伝わっていました。そんなトプラルさんに、あ

る日私は
「今、何が食べたかですか？」と聞いてみたのです。トプラルさんの答えは、「めんどり」でした。

「めんどりですか？」と驚いて聞き返す私に、トプラルさんは懸命に身振り手振りを交えながら、

「どこの家にも庭先でニワトリを飼っているでしょう？　私はとてもめんどりが食べたいから、あなたの家の庭からめんどりを捕まえてきてください。私がおいしく料理してあげますから。おんどりではないですよ。めんどりが食べたいのです」と繰り返します。目をキラキラ輝かせて嬉しそうです。

困ったなと思いました。トプラルさんになんと説明したらいいでしょう。私は考え考え、トプラルさんが理解できるように、できるだけ簡単にゆっくりと説明しました。

「今この日本で、庭先でニワトリを飼っている人はあんまりおらんとですよ。私のところも飼っとらんとですよ」

トプラルさんは途端に元気がなくなり、笑顔が消え、しょげてしまったのです。気の毒に思った私はこう提案しました。

「このショッピングモールの中の精肉コーナーに一緒に行ってみましょうか？　トプラルさんが喜ぶもんがあるかもしれんけんね」

少し元気を取り戻したトプラルさんと一緒に精肉コーナーに出かけました。

敬虔なヒンドゥー教徒のネパール人は牛肉を食べません。お店のメニューにも、ビーフカレーはありません。豚も、故郷のネパールでは飼っている家はなく、見たこともないそうで、食べる習慣もないということでした。マトンは最高のご馳走だということでしたが、お祭りなどの特別な日にしか口にしないそうです。ですからチキンは彼らの食文化で最もポピュラーなたんぱく源です。

さて、精肉コーナーに連れて行くのはいいけれど、トプラルさんの気に入る食材が見つかるかどうか。買い物客の間を縫って歩きながらちょっと心配になってきました。思わず急ぎ足になっています。

「どうかマトンか、じゃなければ『めんどり』って書いてある鶏肉が見つかりますように！」

精肉コーナーに着くと、トプラルさんは早速一つ一つパックを手に取って吟味しはじめました。親切なことに、何のお肉かすぐにわかるように、金額表示の上にお肉のイラストが描かれています。豚肉の上には豚が、鶏肉の上にはニワトリがという具合です。日本語の読めないトプラルさんはそのイラストを見ながら、慎重にお肉を選んでいました。

突然、トプラルさんが大きな声を上げました。パックに入ったお肉を手に取り、信じられないという顔で何かわめいています。駆け寄り、トプラルさんの持っているそのお肉を見ると、「インドカレー風味チキン」とあります。カレー味のチキンです。その表示の上に、象のイラストが描かれています。しかも象は頭に飾り物を被り、ヒンドゥー教の神様ガネーシャの姿に似せて描かれていたのです。

「なんと、なんと……あろうことか、日本人は象の肉まで食べるのか!」

彼のネパール語はわかりませんでしたが、まるでエイリアンを見るような目で私を見る彼のまなざしに、私は一瞬で事態を把握しました。わからない言葉でわめいている彼に、それは象の肉ではないと説明したいのですが、今にも泣きそうなその顔を見ていると、笑いをこらえることができなかったのです。おかしくて笑いが止まりません。笑いすぎてお腹が痛くなり、息も絶え絶えです。

その鶏肉がカレー味だったので、インドカレーを想像させるものとして、お店では安易に象を描いたのでしょうが、もちろん彼にそんな日本人特有のイメージは通用しません。彼の素っ頓狂な叫び声があまりにも気の毒でかわいそうなのですが、どうにもこうにもおかしくてならないのです。

私があまりにも大笑いするので、訳もわからず、なぜか彼も笑いはじめました。たくさんの人が行き交う精肉コーナーの前で、ネパール人と大笑いをしている私はいったいどんな風に映ったことでしょう。呼吸を整えて、やっとトプラルさんに事情を説明すると、彼もやっとなごみ、胸をなでおろしていました。彼は一瞬、とんでもない国に来てしまったと思ったことでしょう。ビーフを食べることは大目に見ても、まさか象まで食べるなんて！　トプラルさんのショックは大変なものだったようです。誤解を解くことができて、私もほっとしていました。

今でもびっくりして泣きそうな彼の顔を思い出すたびに笑いがこみ上げてきます。同時に、家族を母国に残し、文化のまったく違う日本という国にやってきて、言葉もままならないまま生活している彼らは本当にたくましいなとつくずく思いました。トプラルさんは、日本人もネパール人と同じく庭先でニワトリを飼っていると本気で思っていたのです。彼らは日本に住んでいながら、日本人の生活がどういうものなのか想像できなかったのです。想像の範囲を超えていたのでしょうか。そんな異文化の土地で彼らはたくましく生活しています。彼らはそれでも順応していけるのです。もしかしたら日本人は、そんなたくましさは持ち合わせていないかもしれません。そんな国で大変な労働をしている彼らですが、いつもユーモアを忘れず、そしてよく笑うのです。

日本で暮らしていると、よその国の人と深く関わるということはあまりないように思います。私も彼らと出会う前は、言葉の壁や文化の違いなどで、外国の人と関わるなんて無理だと思い込んでいました。ところが幸せなことに彼らとご縁をいただき、長い時間をともに過ごしました。

彼らはおかしいときには笑い、悲しいときには泣き、嬉しいときにはともに喜び合おうとします。私たちと何の違いもありません。同じものを見て笑い泣き、同じ気持ちになって感動するのです。少々言葉が通じなくても、気持ちはしっかりとつながっていました。目の前の人が大声で笑っていたら、何がおかしいのかわからなくても、なんだか笑い出したくなりますよね。言葉は通じなくても、同じ人間同士、気持ちは通じるものです。トプラルさんは、象を食べる日本人を一瞬恐ろしく思ったのでしょうが、私が笑い出すのを見て一緒に笑いだしました。

今の私は、日本人や、インド人、ネパール人、アメリカ人などと区別することをとても不自然に感じています。宇宙空間から見たあの地球には、境界線などまったくなく、私たちはただ「人間」として存在していただけだったのです。

「Where do you come from?」（どこの国の出身ですか？）と聞かれたら、私は迷わず「from the Earth!」（地球です！）

と答えます。私は彼らからたくさん学び、彼らは私の枠《わく》を取り外してくれました。私の狭い考え方を広げ、物事はいろんなアングルから見ることができるということを教えてくれたのです。

いろいろな文化や考え方の違いはありましたが、私は日に日にそのインド料理店での仕事に慣れていきました。ネパール人のコックさん達との触れ合いも、多くのことを教えてくれましたが、毎日、何十人、何百人というお客さまとの出会いもまた感謝の気持ちをさらに育てる貴重な経験となりました。来ていただくお客さまお一人お一人も、七十兆分の一の奇跡でこの世に生まれてこられた尊い存在です。今日、このお店を選んできてくださったこのお客さまとのご縁もまた奇跡。人との出会いは一期一会《いちごいちえ》と言います。一生に一度の出会いかもしれません。この出会いに感謝して、どなたにもまごころで対応させていただきました。毎日たくさんのお客さまと出会い、言葉を交わし、何よりもお料理に満足しておいしかったと言ってくださるととても嬉しく、比喩ではなく、本当に胸のあたりがあったかくなりました。その瞬間こそ、いくつかの遺伝子は目を覚ましたのに違いありません。

ある日、お客さまを奥の席まで案内して、ご挨拶しながらメニューを手渡すと、

「日本語、お上手ですね」と言われました。

お店の雰囲気に合わせてサリーを着ていた私は、インド人かネパール人に間違われたようです。そのときも、あやうく吹き出しそうになりました。ネパール人のコックさんたちと長い時間を過ごすうちに、彼らの雰囲気まで身に着けたようです。

不思議なお客さま

ある日いつものように仕事をしていると、急に左足の付け根が痛みはじめました。痛みはどんどんひどくなり、私は不安と心配で動けなくなりました。というのも、その部分は、ガンがあった場所だったからです。背中のチョウ骨（腰のあたりの蝶々の形をした骨）の辺りです。

「もしかしたら、また……？」という考えがよぎった途端、どっと不安が押し寄せてきて、何も考えられなくなりました。

「もし、そうだったらどうしよう……？」

冷や汗をかくほど不安に駆られました。

「もしかしたら、ガンが再発したのかもしれない」

他には何も考えられなくなりました。不安と恐怖は、やすやすとフェンスを越えて私の心の中を占領してしまいました。占領されてしまったら最後、七十兆分の一の奇跡の存在の私がどのようにガンと向き合ってきたのかも、すべてのことが完全で完全も、怖がる必要など何もないのだと知ったあの感動も、不安と恐怖がそれらを締め出して、少しでも心の中に入ることを許さないのです。

そのとき、奥で一人で食事をなさっていた男性のお客さまが、振り向いて私にこう言いました。

「あなたにメッセージがありますが、聞きますか？」

突然のことでびっくりしました。何を言っているんだろう。たった今、私は突然降ってわいたガンの再発という恐怖と対峙していて、心は不安で一杯なのです。そこへ見ず知らずの人が現われて、私へのメッセージがあると言います。しかもその方は「聞きますか？」と私に確認を求めています。聞く覚悟はありますか？　という意味でしょうか。私は戸惑いながらも意を決して「聞かせてください」と答えました。すると、

「病は気からだと、あなたが一番知っているだろう？」

とおっしゃるのです。

お客さまのその言葉を聞いて、私の心が不安と恐怖に占領されていることを自覚しまし

た。そしてゆっくり深呼吸をし、冷静さを取り戻していったのです。私の思考は暴走し、左足の付け根の痛みをガンと結びつけました。それまで私が築き上げてきた「ゆるぎのない確信」を、不安と恐怖はいとも簡単に覆しました。そのことに気付き、落ち着いてくると、その痛みは嘘のように消えていきました。

「肉体があることを楽しんで。喜んで生きてください。バランスを保つようにと伝えたかったのです」

そう言って、その方は名前も名乗らずお帰りになりました。

どこのどなただったのでしょう。不思議な出来事でした。

けれどもそれは序章でしかありませんでした。それ以来、私はますます必要なときに必要な人と巡り合い、必要な出来事と遭遇するという経験を重ねます。それは「サムシンググレートは必ず必要なものを準備してくれている」という確信につながりました。その確信のおかげで、私はいつでも安心していられるようになっていきました。

夢のお告げ

遺伝子が喜ぶ生き方を選択する。それだけを意識して生きていく。

そうすると、自然な流れが人生をスムーズに、より私らしく生きられるように導いてくれるのです。ゴトムさんとのご縁もまたとても自然にやってきました。まるでこのタイミングで出会うことが決まっていたかのような、完璧なシナリオだったような気がします。

そのインド料理店で働きだしてから二年ほどたったある日の朝方、夢を見ました。抜けるようなきれいな青い空から声が降ってきたのです。その声はこう言いました。

「たった一人でも、あなたの目の前に困っている人がいたら、あなたは手を差し伸べてね」

目を覚ました後も、まるでエコーがかかったように、その言葉は胸の中に響いています。遺伝子が喜ぶ生き方を選択して、毎日感謝とともに過ごしてきた私です。目の前に困った人がいたら、当然どうにか手助けしてあげようと努力してきたと思います。それなのに、なぜ今さらそんな夢を見るのだろうと不思議でした。その夢はとても現実的で、青い空からの声はとてもリアルに私の中で繰り返し聞こえていたのです。

その日の午後、私の携帯電話にある人から電話がかかってきました。ゴトムさんでした。およそ二年ぶりでした。日本語が上手になっていました。

ゴトムさんと最初に出会ったのは、私がインド料理店に勤め出してすぐのことでした。ゴトムさんは近くのチェーン店から二日間だけ厨房の手伝いに来たのです。そのときゴトムさんは二十九歳。若く、まだ日本語がしゃべれなかったこともあり、どこか頼りなげでした。私がネパール語、英語、日本語の辞書を使って四苦八苦しながらネパール人のコックさんたちとコミュニケーションをとっているのを見ると、ゴトムさんは、同じ辞書がほしいと私に相談してきました。私はすぐに同じショッピングモールの本屋さんに行き、辞書を購入してプレゼントしたのです。ゴトムさんは嬉しそうでした。次の日、ゴトムさんは自分のお店に戻っていき、それきりになっていたのです。

そのゴトムさんが、久しぶりに突然電話をしてきてこう言うのです。

「あなたは知っているでしょう。ネパールはとても生活が大変な国なのです。私は日本で自分のお店を開きたいと思っています。どうか私の力になってくださいませんか？」

一緒に仕事をしたとはいえ、二年前にわずか二日間だけのことです。心なしか、声が震えているようにも感じられました。ゴトムさんはその後、どこでどのように生活していたのでしょう。以前のゴトムさんは日本語を話すことができなかったので、私たちはあのとき初めて会話したのです。そのゴトムさんが私に助けを求めています。何とも言ない感動が私を包んでいました。

同時に、今朝方見た夢の中の、あの言葉がよみがえっていました。

「たった一人でもあなたの目の前に困っている人がいたら、あなたは手を差し伸べてね」

見えない力が私たちを再び引きよせました。彼の頼みを断る理由など何もありません。

これはサムシンググレートのお導きです。そう思いました。

「助けるっていったってどうやって？

私になにができるというの？

隣の日本人を助けるのも大変なのに、

よく知らない外国人を助けるっていうの？」

考え出したらきりがなかったことでしょう。けれど私は、この出会いはサムシンググレートからの贈り物だと確信したのです。私の直観は彼の言葉に無条件に反応していました。

「わかったよ。その時がきたら助けてあげるね」

自分が心地良くいられる生き方

「遺伝子が喜ぶ生き方」とは、言い換えれば「自分自身が心地良くいられる生き方」です。人生をワクワク楽しみ、感動して、よく笑い、すべてに感謝したくなる生き方。そんな生き方を意識して習慣づけていると、無意識に「感謝したくなる出来事」に意識が向くようになりました。一見あまり感謝したくないような状況の中にも、実は感謝したくなる要素はたくさん含まれているのです。私は知らず知らずのうちに、事柄の外側だけではなく、その内側を見るようになったのだと思います。

外側の情報は、目や耳や鼻などから知ることができますが、内側の情報は目には見えませんし、五感では知ることのできないものです。それは心にふと浮かぶ感覚です。「直観」というアンテナがキャッチしてくれるのです。そのアンテナに信号を送ってくださっている存在こそ、サムシンググレートだと思います。そのサインは時として、進むべき道をわかりやすい形で示すように送られてくるのです。「夢のお告げ」も、サムシンググレートからのサインだったのでしょう。サムシンググレートにアンテナを向けていれば、いつでもサインは受け取ることができます。

ガンになる前の私だったら、よく知らない外国人が助けてくださいと電話してきても、早々に断わっていたでしょう。けれど私は、何の保証もなしに、自分の直観をそのまま受け入れました。その決断を疑いもしませんでした。

「その時」が来るまで三年の月日が必要でした。ゴトムさんは大阪のカレー屋さんで働いていたのですが、その契約が切れるまでに時間がかかったのです。私たちはたびたび連絡を取り合い、その時を待っていました。満を持して、二人の夢の実現に向けて動き出したのです。お店の経営などまったくしたこともない五十代半ばの普通の主婦と、ネパール人の若いコックがタッグを組みました。

予測のつかないこの先の未来について、私たちはワクワク期待していました。遺伝子が喜ぶ生き方を選択し、いつも心地良くいられたら、自然に私たちの行きたいところに連れて行ってくれると知っていたからです。あれこれ案じてもそこからは何も生まれません。案ずるよりも産むが易し。資金も何もない私たちでしたが、不思議と絶妙なタイミングで必要なものがそろい、平成二十五年六月、念願のお店をオープンさせることができたのです。「インド・ネパール料理　ロータス」。それが私とゴトムさんのお店です。

「その悲しみは、あなたが作ったものですよ」

以前、お弁当屋さんだった店舗を借りることができました。立地条件は良好です。ゴトムさんもとても気に入っています。狭いので、テーブルを五つ置いて、それぞれに椅子を四つずつ配置すると、もう一杯一杯です。それでも大満足でした。ともかく私とゴトムさんのお店です。

ゴトムさんが作るカレーとナンは本当においしく、一度食べてもらえれば気に入ってもらえる——その確信がありました。食べてくださったお客さまからの評判は上々です。リピーターが増え、口コミのお客さまも増えてきました。出だしは順調です。私たちは張り切って、メニューや器など、話し合って試行錯誤を重ねていきました。

お互いの意見がぶつかり合うこともたびたびありました。いえ、正直言ってぶつかってばかりです。いくら日本語が上手になったとはいえ、ゴトムさんとの意思の疎通がうまくできるようになったかというと、そうではないのです。ネパール語を日本語に直訳すると、微妙な感覚の違いが生まれます。お互いに言いたいことをそのまま受け取ることができません。ずれが生じます。私たちの間には、言葉の違いや文化の違い、そして考え方の違いが根強く残っているのです。それも仕方のないことです。たとえ家族であっても親子であっても、考え方はそれぞれです。私たちは違う環境で生まれ育った者同士。私はゴトムさんがどんな環境でどんなふうに育ってきたのかまったく知りません。想像もできないのです。国が違う、言葉が違う、考え方が違う、性別が違う、年が違う。共通する部分を探すほうが難しい凸凹コンビ。

そんな私たちにとって、お互いに歩み寄り、異質な考え方の違いを摺り寄せていくという作業は当たり前のことでした。その作業は始まったばかりだったのです。

こんなことがありました。

念願のお店をオープンして間もなくのことです。ゴトムさんはおいしいカレーとナンを提供するために、オープン後も日夜研究を重ねていました。自分の厨房ですから、メニューもゴトムさんオリジナルです。張り切っていました。すべてにこだわって、よりクオリティーの高いものを目指していたのです。

もちろん私だって気持ちは同じですが、商品の注文、買い出し、お客さまへの対応、宣伝、そして資金繰り。慣れないこともあって私も一杯一杯でした。その上ゴトムさんから、もっとこうしてほしい、これでは不十分だと言われると、なんだか責められているようで焦ってくるのです。求めているものはわかるけれど、そうは簡単にできない理由があるのだと説明したいのですが、これがなかなか伝わりません。言葉として伝わらない上に、まず日本での常識や考え方から説明しなければなりません。そこに入ると余計に混乱してしまい、しまいには何の話をしていたんだっけと焦点がずれてしまう始末です。ほとほと疲れ、思っていることがゴトムさんに伝わらないと、まるでもう誰も私のことを理解してくれないのではと孤独感に襲われます。なんだか悲しくなって、急に涙があふれてきました。

「伝わらない。わかってもらえない。どれだけやってもゴトムさんには理解してもらえない」

そんな感情に支配されていました。もっとはっきり言えば、

「ゴトムさんの石頭……」とこんな感じです。

部屋の隅に座って、一人しくしく泣いていました。

するとゴトムさんがつかつかと寄ってきました。私の肩をポンポンと叩き、こう言うのです。

「あのね。あなたのその悲しみは、あなたが作ったものですよ。私が作ったものではなく、あなたが自分で作ったものなんですよ」

一瞬で我に返りました。

「……何が悲しくて泣いていたんだろう？」

さっきまで泣いていた自分がバカみたいです。何事もなかったかのようにピタッと泣くのをやめ、さっさと仕事に戻りました。

誰かのせいにして思い切り泣いたら、気分がすっきりしました。疲れていたり、忙しすぎてゆとりがなかったり、自分にかまってあげられなくなると、ふと「遺伝子が喜ぶ生き方」を外れているときもあります。それはそれでいいのです。肝心なのは引きずらないこと。これでは遺伝子は喜ばないぞと早く気付き、そこから素早く切り替えるのです。

それにしても、あのゴトムさんの言葉は、自分自身を憐れんでネガティブな感傷に浸っていた私を見事に言い当てました。即効性がありました。誰も私の存在を否定したり無視したりしていないのに、勝手に腹を立て、自分を憐れんでいたのです。ゴトムさんの言葉で、感情に引きずられることなく、すぐに戻ることができました。

ゴトムさんとのこの不思議なご縁はいったいどういうことでしょう。その出会いといい、その後の展開といい、彼が私のキーパーソンであることは間違いありません。私たちはお互いに影響し合い、魂を磨き合う関係なのでしょう。お互いに枠を外し、より広い視野を持てるように、切磋琢磨させられているのです。凸凹な私たちだからこそ、磨き合うほど角《かど》が取れ、程よいつやを出せるようになるのでしょう。

六ヵ国語を話せるゴトムさんは、たまに私に理解できない言葉で話しかけてきます。何語なのか見当もつきません。私が「何を言っているのかわかりません」と言うと、ゴトムさんはヒートアップして、ますます早口でまくし立てるのですが、少しすると日本語ではないことに気付き、

「すみません。私は今、自分が何人かわからなくなっていました」といつもの彼に戻ります。未だにそんな会話で大笑いしている私たちです。

「そっか……日本人だもんね」

「だって、とか、でも、とか――そんなことばっかり言ってたら、願いは叶わないよ」

「仕事がきついのはあたりまえ。ラクしたいなら仕事をやめたほうがいいね。ラクな仕事

なんてないでしょう」

「泣いて願いが叶えられるなら、私も泣きます。ネパール人は泣きたいことだらけです」

ゴトムさんの慣用句です。ゴトムさんがふっとつぶやく言葉の中で、なるほどな、と妙に納得する言葉があります。ゴトムさんはよく「そっか……日本人だもんね」と言いますが、もう十年も日本で生活しているゴトムさんは、日本人の考え方を受容しつつ、私たちを客観的に見て、自分と違う部分を知り、そのことを楽しんでいるようです。

彼に学んだことの一つは、一緒に仕事をするからといって、価値観や考え方をそろえなくてもいいことです。違っていいし、違って当たり前です。だからこそ、状況に満足しないでお互いの理想を追いかけることができるのだと思います。


私の枠を広げてくれた出来事はまだあります。

ロータス一号店を開店した一年後、ロータス二号店をオープンすることができました。どちらも空き店舗を借りて営業していたのですが、新しい建物ではないので害虫対策をしようということになり、業者に来てもらい、作業をしてもらいました。

数日後、駆除会社から電話がありました。電話のそばにいたゴトムさんがその電話に出ています。私にもゴトムさんの声は聞こえていました。どうやら駆除会社の方の第一声は、「お支払いはいつになさいますか？」だったようです。

ゴトムさんは「はい。○月○日にお支払いします」と答えました。そしてその後、諭《さと》すようにゆっくりした口調で、

「あなたが、まず一番に私に質問しないといけないことは、支払いのことよりも、もう害虫は出なくなりましたか、ということではないですか？」と切り返したのです。

そばで聞いていた私はあやうく吹き出しそうになりました。電話の向こうで駆除業者さんは、ゴトムさんに何と答えたのでしょう。

またもや、ゴトムさんは心中で「そっか……日本人だもんね」と思ったことでしょう。ゴトムさんはまっすぐで、職人カタギな人なのです。自分の仕事に誇りを持ち、お客さまが喜んでくださることならばどんなことでも妥協しません。ゴトムさんの中では、仕事イコールお金ではないのです。お金をいただく以上、相手に満足してもらう。お客さまの満足の対価として、お金を受け取るのです。

熱心に日本語を勉強したのも、お客さまと会話できるようになるためでした。

初めて会ったときに私がプレゼントした辞書を、ゴトムさんは今でも大切にしています。

使い込まれてもうボロボロです。今では見違えるように日本語が上手になり、流ちょうに使いこなしています。電話での対応も難なくできるようになりました。いつもお客さまと楽しそうに雑談しています。

ある日、お客さまと雑談していたゴトムさんがバタバタと厨房に駆け込んできました。そしてこう言うのです。

「ねえねえ、いまね、お客さまに、〝ゴトムさんはマイケルに似てるね〟って言われて、そうですか、ありがとうございますって言ったんだけど、マイケルってだれ?」

そうなんです。ゴトムさんはちょっぴりあのキング・オブ・ポップス、マイケル・ジャクソンに似ているのです。

支え合って生きる

ゴトムさんは、私のことをたまに「おねえさん」と呼びます。その呼び方を、ゴトムさんからの厚い信頼の証《あかし》だと受け取っています。

十人兄弟の九番目に生まれたゴトムさんには四人のお兄さんと、四人のお姉さんがいます。一番年上のお兄さんとは親子ほどの年の差があります。大家族の中で、幼いながら自分の役割をもち、家族のために自分のできることをして育ってきたそうです。

幼い頃の早朝の水くみの思い出話などを聞くと、生きるために労働するという厳しさや、役割、責任感というものを、しっかり育《はぐ》くまれてきたのだろうと想像できます。自分が水くみをしなかったら、家族全員が困ってしまうのですから。自分の役割を果たすことが、家族が生きていくということに直結していたのでしょう。また、他の兄弟の労働がゴトムさんを支えていたに違いありません。「支え合って生きていく」というその意識は、幼い頃からしっかり植えつけられ、人生の基礎になっているようです。

そんなゴトムさんが、たった二日だけ一緒に仕事をした私に突然電話したのには、どういう天の意図があったのでしょう。彼はこう言ったのです。

「あなたは知っているでしょう？　ネパールはとても生活が大変な国なのです。私は日本で自分のお店を開きたいと思っています。どうか私の力になってくださいませんか？」

この導きは、宇宙の采配としか言いようがありません。私の準備は整っていました。その日の明け方、夢の中でお告げを聞いていたからです。ゴトムさんもその采配に導かれるままに、私に電話をしてきてくれたのでしょう。

ゴトムさんにとって「支え合って生きていく」ことこそ大切なことであり、そのために私が必要だと言ったのです。かつて兄弟たちとそうしていたように。

ネパールには一年を通して、祭りがない月はないと言われるほど数多くの祭りがあるそうです。祭りはネパール人にとって神様とつながる大切なイベントであり、同様に、家族とのつながりを祝う特別な日です。中でも大きなお祭りである〝ティーズ〟は西暦の八月から九月にあたる間に行なわれるもので、その日女性はきれいな赤いサリーとビーズのネックレスを身に付け歌い踊ります。

兄弟たちは、お嫁に行った姉妹たちの家に行き、働いている姉や妹に贈り物をし、お祝いをするそうです。兄弟姉妹が久しぶりに集えるそのお祝いの日を、彼らはとても楽しみにしています。

「僕たちは、どこにいてもずっとつながっているよ――そういう思いを込めて姉妹に会いに行ける特別な日なのです」とゴトムさんは言います。

後日行なわれる〝ティハール〟という祭りでは、姉妹から兄や弟へ、健康や成功を祈って、ミサンガ（手首や足首につける手芸の編み紐）やブレスレット、お守りなどを送るそうです。贈り物といってもわざわざお金を払って買ったものではありません。驚いたことに、ネパールは平均寿命が男性よりも女性のほうが短い、世界でたった一つの国です。いまだに男尊女卑の考え方が根強く、結婚した女性は自分が自由になるお金を持ってはいません。ですからみな手作りで、その日のために贈り物を用意するそうです。

このお祭りの話を聞いたとき、私はとても感動しました。兄弟姉妹同士で相手の健康と幸せを祈り手作りの贈り物をするなんて、なんて素敵な伝統でしょう。

四人のお姉さんがいますが、ゴトムさんは日本に住んでいるため〝ティーズ〟に行くことができません。数年前にお姉さんの一人が日本に仕事に来ることになり、久しぶりにお姉さんに贈り物を届けることができたと喜んでいました。そのときのゴトムさんの嬉しそうな表情が忘れられません。ところがお姉さんは帰国したあとすぐに亡くなったそうです。その知らせを聞いてゴトムさんは取るものも取りあえず帰国しましたが、以来、お姉さんのことを思い出すたびにこっそり涙を拭くゴトムさんを見て、その姉弟愛の大きさに心を打たれました。

「おねえさん」とゴトムさんが私に呼びかけるとき、そこにゴトムさんの愛と信頼を感じています。私たちはお互いを支え合い、助け合い、補い合っているのです。

ただ当たり障りのない会話をし、楽しく群れているのではなく、助け助けられる関係というのは、時に厳しく言うべきことを言い合い、お互いのためになることを探していくのだと思います。表面だけのつながりではなく、より強くつながるには、お互いの人生に踏み込んでいって、初めて「かけがえのない存在」になるのだと思います。これまでお互いに真剣に向き合ってきたからこそ、私たちは互いに強く信頼し合うつながりを築くことができたと思っています。

「おねえさん。今日は祭りですから、マトンを料理します。楽しみにしていてください」

日本にいても、祭りの日は特別なイベントの日です。ゴトムさんは祭りの日のために前々からマトンを準備しています。お店が終わった後、自分たちの夕食を準備し、みんなで、神様と家族に、感謝の祈りをささげます。インド・ネパール料理ロータス。その夜、そこは華やかなネパールの神様たちも集う、祭りの場になるのです。私もその夜は、彼らの神様にともに平和をお祈りします。

（第二章）

宇宙とつながる

素直に言えない

健康な体を取り戻し、もう一度頂いたこの命を精一杯輝かせようとさらに感謝の生活をするようになっていました。元の職場に復帰することができたばかりで、カツラを被って生活していたときのことです。

友達が、ある女性を紹介してくれました。近くの町に住むKさんです。彼女は私より二歳年上で当時五十二歳。肺ガンを患っていて、すでに全身に転移していました。

その友達が、彼女に私の体験を話してほしいというのです。辛く苦しい状況にいる彼女に、少しでも希望を持ってほしいと思ってのことでした。

私はありのままの体験を彼女に話しました。「ありがとう」という言葉には特別な力があり、その力が眠っている遺伝子を起こし、本来の働きをしてくれるようになった。だから今こうして元気でいることができるのです――とお話したのです。

彼女は私の話を熱心に聞いてくれました。そして

「わかった。ありがとうって言ってみる」と約束してくれました。

けれどなんとなく、彼女が少し浮かない顔をしたのが気になりました。

間もなく、Kさんの状態が悪くなり入院することになりました。彼女は電話で暗く沈んだ声でこう言ったのです。

「もう長くもたんかもしれん（長くはもたないかもしれない）」

そのとき私のガンは完治していたのですが、まだ完全に体力が回復しておらず、ふだんの生活でも無理をしないように気を付けていたところでした。けれども、電話口で心細いことを言っていた彼女のことが心配で矢も楯もたまらず、彼女の病院に駆けつけました。当時、私は車を持っていなかったので、自転車で片道一時間かけて彼女のもとへ急ぎました。


病室をのぞくと、彼女は上半身を起こし、ベッドにもたれかかっていました。苦しそうに息をしています。肺に水が溜まって、うまく呼吸することができないのです。首の後ろにも大きなコブができていて、横になると苦しいと言います。だからその姿勢でいるしかないのでした。

「Kさん……」小さな声で彼女の名前を呼ぶと、彼女は私の顔を見て少し微笑みました。

私はKさんの苦しみをどうしてあげることもできません。駆け寄って手を握りました。「ありがとうって言うとね、気分が良くなりますよ。私も苦しいとき、すべてにありがとうと言っていたら、スーッと気分が良くなっていましたよ」

彼女を少しでもこの苦しみから解放してあげたいと思いました。私は「ありがとう」という言葉の特別な力を、身をもって経験しています。痛い部分、苦しいところにも「ありがとう」と唱えると、Kさんもきっと気分が良くなるに違いありません。

Kさんは、ゆっくりと息をしながらこう答えました。

「房美さん、あのね。私は上手にありがとうって言えんかもしれん」

Kさんはぽつりぽつり話しはじめました。

その後Kさんは私のガン体験の話を聞き、「ありがとう」の力に感動し、心を込めてすべてにありがとうと言う挑戦を始めたそうです。けれど、いざ言おうとすると、なかなか言葉が出てこなかったと言うのです。自分の体、支えてくれている家族、友人、ありがたい事柄などを思い描いて、「ありがとう」と言おうとするのですが、言っているうちに、ありがとうと言いたくない場面が思い出されると言います。Kさんは長年、お姑さんとの折り合いが悪く、お姑さんの顔が浮かんでくると、ありがとうと言えなくなるのだそうです。お姑さんをどうしても許すことができないでいたのです。一旦そのギザギザした感情の引っ掛かりにつまずくと、思い出してしまったその「ありがたくない状況」は、そのとき感じた怒りや不安などを蘇らせます。蘇ったその感情はいつまでも疼《うず》き、ますますありがとうと言えなくなるというのです。Kさんの浮かない顔の理由がわかりました。

「そうか……そうだったとね」

私は何も言わず、黙って話を聞いていました。

私は自分の体験から、この世は苦しい戦いの場ではないということを学びました。思い切り自分らしく、思い切り楽しんで、この世界にあふれている感動を体験するために生まれてきたのです。愛し愛されて、心は何ものにも縛られず、どこへでも行きたいところへ飛んでいけるのです。

Kさんがこの世界で本当の喜びに出会っていないとしたら、それはやはり「許せない」という足かせがKさんの心を縛り上げ、自由に飛ぶことを阻んでいるのだと思いました。

「自分はあの人に正当に扱われなかった」という思い込みは、「あの人」に認めてもらいたいという思いから来るものだと思います。では、その人に認めてもらわなければ、自分という存在は何の価値もないのでしょうか。そんなことはないはずです。価値のない人間など存在しません。誰もが尊い存在です。そのことに気付けば、誰かに自分の存在価値を認めてもらわなくても、私は私のままでいいのだとわかるに違いありません。そういう自分を許して、自分らしく生きることで、心は本当の自由を手に入れるのです。誰かを許すのではなく、自分自身を許すことができれば、この世界が本当は喜びと愛で一杯なんだということに気付くでしょう。

Kさんは無意識に、もうそのことに気付いていたようです。その上で私にすべてを告白してくれました。Kさんの心は本当の自由を手に入れたがっているのだと思いました。

「もう長くもたんかもしれん」。電話口でそう言ったKさんの絶望、不安、恐怖、そして孤独を私には理解できました。人は自分が体験したことしか知りようがありません。一年前の私も今のKさんと同じように、のしかかる大きな不安に押しつぶされそうになっていたのです。私はもうすぐ死ぬという恐怖と孤独がどんなものなのか、よく知っているつもりです。

私には何の力もないかもしれない。でもだれよりもKさんの辛さ、寂しさをわかってあげられる。だとしたら、Kさんの気持ちを少しでも軽くしてあげたい。私にできることがあれば、何でもしよう。そう思いました。そこで、こう提案しました。

「じゃあ、私が、ありがとうって言うけんね。一緒にだったら、言えますか？」

一緒に唱えた「ありがとう」

抜け落ちた髪の毛十万本にありがとうと言ったときのことを思い出していました。抗ガン剤治療でごっそり抜け落ちてしまったけれど、「それまで私の髪の毛でいてくれてありがとう」と、どうしてもお礼が言いたかったのです。一本一本拾っては夢中でお礼を言いました。繰り返し何万回も言っているうちに、不思議なことが起こりました。

「ありがとう」と言うと、「ありがたい気持ち」が降ってきました。また、「ありがとう」と言うと、さらに「ありがたい気持ち」が降ってきて、言えば言うほど「ありがたい気持ち」がまるで雪のように心に降り積もります。「ありがとう」というたびに、「ありがたい気持ち」が降ってきて、ふんわり雪のように積もり、積もり積もって心に入りきれなくなりました。そしてあふれ出てしまうのです。

何とも言えない気持ち良さでした。体は羽のように軽くなり、「ありがたい気持ち」はますます降り積もり、あふれて私の体を丸ごと包み込んでいます。あまりの幸せに、自分がガンだということも、余命一ヵ月もないということも、もうどうでもいい些細なことのように思えました。

ありがとうの言葉には特別な力がある。Kさんが一人でありがとうと言えないのなら、私が一緒に言ってあげよう。そうすることでKさんの苦しみが和らぐだろうという確信がありました。「ありがとう」はKさんの心を元気にしてくれるに違いありません。心が元気になると、体も元気になると思ったのです。

ベッドにもたれかかったKさんの手を握り、二人で時間を忘れて「ありがとう」と言い続けました。

「ありがとう。ありがとう」。Kさんの呼吸は浅く、辛そうでした。私は一緒にありがとうを唱えながら、Kさんが一言一言を発するのを見守りました。

どれくらいの時間そうしていたでしょうか。Kさんの声に少し力が戻ってきたように感

じました。目を閉じて一心にありがとうと唱えていたKさんは、ゆっくりと顔を上げ、こちらを向き、

「なんだか、さっきよりも楽になりました」と言います。

Kさんが少し微笑むのを見て私もほっとしました。一緒にありがとうと言ったことで、Kさんも心強かったのだと思います。帰り際、私は、

「Kさん、もしこれから、自分で『ありがとう』って言えんって思ったら、いつでもいいけん、メールちょうだいね。私が一緒に『ありがとう』って言ってあげるけんね。あなたの体に向かって一緒に『ありがとう』って言うけんね」と、病室を後にしたのです。

真夜中のメール

それから毎日のようにKさんからメールが来ました。

「今、すごく辛いです。一緒にありがとうって言ってくれますか？」

メールが来るたびに、何をしていても作業をやめ、Kさんに電話をかけ、一緒に「ありがとう」を言い続けました。

「ありがとう。ありがとう」。電話の向こうからはKさんの声が聞こえてきます。そのリズムに合わせて、私も一緒にありがとうを唱えます。およそ十分くらいそうしていると、Kさんは落ち着いてくるのです。

最初は一日に四、五回くらいだったメールが、そのうちに一日に十回、十五回と来るようになりました。私はそのたびに急いで携帯電話を取り上げました。少しでも早く対応してあげれば、Kさんはそれだけ早く落ち着くことができます。とにかく早く安心させてあげたいと思いました。

Kさんが入院して一週間ほど経つ頃には、真夜中にもメールを受け取りました。そのたびに飛び起きて、一緒に「ありがとう」を繰り返しました。

その日も朝から何度か一緒に「ありがとう」と唱えていました。夕方五時ごろ再びメールがあり、そのときもおよそ十分ほどで落ち着いてきたKさんは、

「ありがとう。だいぶ気分がようなった。たびたびありがとうございます」と言って電話を切りました。それから約二時間後の午後七時過ぎ、今度はメールではなく、Kさんから電話がかかってきました。出ると、声の主はKさんではなく、Kさんの娘さんでした。

「まさか……」

不吉な考えがよぎりました。心臓が早鐘のように鳴ります。

「房美さんでいらっしゃいますか？」

娘さんは、続けて、静かにゆっくり、こう言ったのです。

「たった今、母が亡くなりました」

さっき、電話で話したばかりです。気分が良くなりましたと明るい声を聞かせてくれたのです。その彼女が逝ってしまった。……私は声も出せずにいました。

「母が大変お世話になりました。房美さんと一緒にありがとうと唱えていると、不思議とすぐに気分が良くなると言って、房美さんのご都合も考えずお電話しておりました。母が落ち着くのを見ると私も安心しましたので、房美さんにはすっかり甘えてしまいました。おかげで母は、長い時間苦しい思いをせずに済んだと思います。本当にありがとうございました」

娘さんの声は震えていましたが、お母さんの人生の最後の最後、房美さんに出会うことができて本当に良かったと言いました。

電話を切ったあと、しばらく放心状態でした。にわかには信じられません。何も手につかないまま時間だけが過ぎ、布団に入ってからも、心の整理がつかないままです。

夜中、私はいつの間にか眠りに落ちていました。シーンと静まりかえった寝室に、突然携帯のメール音が鳴り、私は飛び起きました。

とっさに、

「あ！　Kさんからだ。苦しいんだ。一緒にありがとうを唱えてあげよう」

昨日と同じようにそう思いました。枕もとの携帯を掴《つか》みました。寝ぼけ眼《まなこ》をこすりながら、名前を確認すると、やはりKさんです。

「やっぱりそうだ！」

長電話になると思い、きちんと座りなおし、携帯を開こうとして、はっと思い出したのです。

「そうだ。Kさんは亡くなってしまったんだ……」

もう一度携帯の送り主を確認しました。Kさんの携帯からに間違いありません。

まてよ……これは夢かな？

起きたばかりのボーっとした頭で事態を把握しようとしていました。夕方、私は確かに

Kさんの娘さんから、Kさんが亡くなったという知らせを受けました。そして今、私が受け取ったメールの送り主はKさんその人です。何が何だか頭が混乱しています。

もしかしたら、また娘さんかもしれない。私に何か言い忘れたことでもあるのだろうか。メールを開くことを躊躇していた私は、自分を納得させるために、この不思議な真夜中のメールの理由をあれこれ考えています。しばらく送り主のKさんの名前を見つめていました。けれどそうしていても始まらないと思い、思い切ってメールを開いてみたのです。

メールに本文はありません。空のメールです。ますます不思議です。しばらくその画面を眺めました。そのとき、メールが送られてきた時間にふと目が止まりました。「03：09」とあります。「03：09」。3と9です。

サンキューだ！

熱いものがこみ上げてきました。これはKさんからのメールに間違いありません。

Kさんは慣れ親しんだ自分の肉体を離れていきました。だからといってKさんの何もかもが消えてなくなったわけではありません。ただ肉体を離れただけで、Kさんのエネルギー、魂と言えるものは今もそこにいるのです。Kさんはどうにかして私に伝えたかったのでしょう。Kさんが私に一番いいたかった言葉、

「ありがとう」

空メールに表示してあったのは、Kさんの名前と「03：09」の数字だけ。

Kさんからのサンキューだったのです。

「Kさん。メール届いたよ！　あなたからの感謝の気持ち、サンキューを、しっかり受け取ったよ……！」

涙があふれてきました。声になりません。Kさんがそばにいるように感じました。私の声もKさんに届いているはずです。目を閉じてKさんの顔を思い浮かべました。瞼に浮かんだKさんの顔は、健康そのものではつらつとしています。

「あ」「り」「が」「と」「う」

と一語一語ゆっくり言って、思いっきりの笑顔を見せてくれています。

「Kさん。ご苦労さまでした。

精一杯生きたね。本当にお疲れさまでした。

笑顔を見せてくれてありがとうね。

きっと今は、肉体の苦しみから解放されて、自由になったっちゃね。

涙でグジュグジュになりながら、私は一心にKさんに話しかけていました。

「Kさんに出会えたこと、心から感謝しとるよ。

私たちはこうして同じ時代に、同じ場所に生まれてきた。そうして出会えた。それ自体が奇跡よね。だって、私たちはこの地球に七十兆分の一の奇跡で生まれてきたっちゃもん。

そんな私たちがこの地上で出会う確率は想像もできん。

Kさんに出会って、一緒に一杯ありがとうを言うたね。私にとっても忘れられない思い出になったよ。

人生の最後の最後、Kさんは素直にありがとうって言えとった。

許せんこととか、すっかり忘れとったよね。

Kさんの心からのありがとうは、Kさんの体に、そしてKさんのこれまでの人生で関わったすべてに、ちゃんと届いとったと思うよ。

最後に、私にとびっきりのありがとうを届けてくれたね！

Kさん、本当にありがとう。本当にありがとう。

出会えて本当に嬉しかったよ。ありがとう。ありがとう」

暗闇の中で、私はいつまでもいつまでも、Kさんに感謝の気持ちを伝えていました。

Kさんは許せない気持ちを手放し、真の自由を手にして、ありがとうの気持ちだけをもって天国に帰って行ったのです。

「有り難し」を知ると「おかげさま」になる

「ありがとう」という言葉の意味を改めて考えました。

「この世界を体験したくて、天文学的な確率を潜り抜けてこの世に生まれてきた」という事実を知らずに一生を終えるとしたら、自分の本当の価値を知ることもなく、それを認めることもなくこの世に別れを告げるとしたら、こんなに虚しいことはありません。

「ありがたし」は「有難し」と書くそうです。有ることは難しい、と書くのです。このことも村上和雄先生から教えていただきました。病床で村上和雄先生の本に出会い、すっかり村上先生のファンになった私は、村上和雄先生の講演会に出向き、また、その著書なども読ませていただき、村上和雄先生が一貫しておっしゃっている「命の尊さ」について学ばせていただいています。

村上和雄先生がその著書『幸せの遺伝子』（育鵬舎）の中で「ありがとう」の語源についてこう書いていらっしゃいます。

……「ありがとう」の語源は、「有り難い（有り難し）」という言葉です。これは文字どおり、「有ること」が「難《かた》い」、つまり存在することが難しいという意味です。本来は、「めったにない」や「珍しくて貴重である」ことを表わしました（中略）。

実は、「ありがとう」は仏教に由来した言葉です。

お釈迦さまの教えを弟子たちがまとめたとされる『雑阿含経《ぞうあごんきょう》』のなかに、「盲亀浮木《もうきふぼく》の譬《たとえ》」という有名な話があります。

あるとき、お釈迦さまが阿難《あなん》という弟子に、

「そなたは人間に生まれたことを、どのように思っているか」と尋ねられました。

「たいへん、よろこんでおります」

阿難がそう答えると、お釈迦さまが、重ねて尋ねられました。

「では、どれくらいよろこんでいるか」

阿難は答えに窮します。すると、お釈迦さまは、一つのたとえ話をされます。

「果てしなく広がる海の底に、目の見えない亀がいる。

その亀は、百年に一度、海面に顔を出す。

広い海には一本の丸木が浮いている。

その丸太の真ん中には、小さな穴がある。

丸太は、風に吹かれるまま、波に揺られるまま、
西へ東へ、南へ北へ、と漂っている。

阿難よ、百年に一度浮かび上がるその目の見えない亀が、
浮かび上がった拍子に、丸太の穴に、
ひょいと頭を入れることがあると思うか」

阿難は驚いて答えます。

「お釈迦さま、そのようなことは、とても考えられません」

「絶対にない、といい切れるか？」

お釈迦さまが念を押されると、

「何億年、何兆年の間には、ひょっとしたら頭を入れることがあるかもしれません。しか

し、『ない』といってもいいくらい難しいことです」
阿難が答えると、お釈迦さまは、
「ところが、阿難よ。私たち人間が生まれることは、その亀が、丸太棒の穴に首を入れることがあるよりも、難しいことなのだ。有り難いことなのだよ」
と教えられたのです……

私たちは人間に生まれたことを当然のように思っていますが、人間としてこの世に生まれてくることは、何億年、何兆年に一度巡ってくるか否かというくらい稀《まれ》なことである。「有ることは難し」とは、つまり、珍しく貴重なことである。存在することが難しい、とお釈迦さまは説いているわけです。

また、お釈迦さまが民衆にわかりやすく真理を説いた最古の経典といわれている『法句《ほっく》経《きょう》』には、「人の生をうくるは難く、やがて死すべきもの。いま生命あるは、有り難し」とあります。

このように、めったにないという意味から派生して、いま生きていること、生かされていることに対し、不思議だ、きわめて貴重なことだという感動が生まれてきたのです」

Kさんも、最後の数日間、「ありがとう、ありがとう」と唱えることによって、きっとありがたい気持ちは降り積もり、心に一杯になり、自分という「有難い」存在に気付いたのではないでしょうか。自分の価値に気付いた以上、「許せない気持ち」を握りしめている必要はもうなくなったのでしょう。誰かに自分の存在価値を認めてもらう必要は消えたからです。Kさんは誰かに認めてもらうのではなく、自分で自分を正当に評価できるようになり、自分を認めることで「許せない気持ち」を手放したのだと思います。それを私にどうにか知らせたくて、真夜中にメールをくれたのだと思うのです。

ともすると人は、誰かのせいで、何かのせいで、自分は不幸だと思ってしまいます。こうでなければ幸せではない——と固く信じるあまり、自分の頑固なパターンにとらわれて、袋小路から抜けられなくなっています。けれど自分がいかに「有難い」存在かということに気付き、自分の周りの環境が、実は自分を知るための最も適した環境なのだと知ると、誰かのせいで、何かのせいで不幸になるのではない——と気付くのです。

それと気付かせるために、たびたび逆境はやってきます。「逆境」を経験するのは辛いし、苦しいことです。ですが、その逆境を乗り越えた先に、自分の「本当の心の居場所」を見つけることができるのだと思います。私の場合の逆境は「ガン」という形でやってきました。ガンになったおかげで、魂が求めていた「本当の居場所」にたどり着くことができたと私は思っています。だからと言って、「本当の居場所」にたどり着くために、ガンになったり、わざわざ辛く苦しい経験をする必要があるとは思っていません。ただ、「有難さ」に気付くこと。その方法は人それぞれだと思います。

「逆境」が訪れたときは、どうか恐れずにその先に居心地の良い心の居場所があると信じて前に進んでください。「どうして自分はこんな目に合うのだろう」と、ただ逆境に反応するだけで終わらずに、しっかり一歩一歩踏みしめて進んでください。平安は穏やかに訪れます。「時が来ました。気付きます！」と言って、ある日突然気付くものではないと思うのです。一歩一歩進んでいく間に、心の平安も一歩一歩近づいてくるのだと思います。

原因が外側にはなかったように、心の平安も外側からではなく、内側からそっと音もなく近づいてくるのだと思います。今なら私もそれが理解できます。ガンという逆境があったからこそ、本当に大切なものに気付くことができました。

体レンタル

Kさんから真夜中にメールを受け取ったとき、私は確かにKさんの存在を近くに感じていました。この経験から、やはり人はエネルギーでの交流ができるということを確信するようになりました。Kさんのエネルギーは、Kさんの肉体がなくなった後も確かにそこにありました。だから、私たちは交流することができたのです。

村上和雄先生は講演会の中で、私たちの体はサムシンググレートからレンタルしたものだ、ということをおっしゃったことがあります。

先生のお話はユーモアに富んでいておもしろく、時間があっという間に過ぎてしまいます。おもしろいことを言っておいて、ご自分は笑わないように我慢していらっしゃいます。おもしろいことを淡々とおっしゃることで、それがまた笑いを誘うのですが、先生はたまに我慢しきれなくなると、ご自分も笑い出されます。その後に「しまった……」とつぶやいています。そのときの村上先生のいたずらっ子のようなお顔が、私は大好きです。先生のお話は例えがとてもわかりやすく、難しいことでもサラリと笑い話を交えてお話しなさいます。私たちの体はサムシンググレートから借りたレンタルだというお話も、とても興味深く、印象に残っています。

そのお話が、村上和雄先生と矢作直樹先生が書かれた本『神（サムシング・グレート）と見えない世界』（祥伝社新書）の中に書かれています。村上先生は次のようにおっしゃっています。

……自分の体は自分のものだと思っているかもしれませんが、実は私たちの体はすべて借りもの、ようするに〝レンタル〟なのです。レンタルですので、期限が来れば返さねばなりません。これが「死ぬ」ということです。貸し主は地球、宇宙、そして神です。

体は地球や神からの借りものという考え方は、昔から日本にあります。神は、私たちに体を貸した際、レンタル料、まあ利息と表現してもいいですが、そういうものを取るようなケチ臭いことをしませんでした。すべての人に対して無償で貸してくれたわけです。

それでは、借り主は誰でしょうか？

あなた? あなたというのを仮にあなたの体と表現すると、体は六十兆個の細胞でできており、それらは一年くらいで一度ほとんど入れ替わりますから、そういう主体性のない存在に借りる権利はありません。

では、心? そう思うかもしれませんが、そうではない。なぜなら、心はしょっちゅう変わります。細胞と同じです。昨日の考え方は、今日にはありません。こんな不安定なものに体を貸せるわけがありません。

すると、残っているのは魂しかありません。「三つ子の魂百まで」と言いますが、「三つ子の心百まで」とは言いません。

心も体も日々、入れ替わっているからです。

心は、確かに私の一部ではありますが、毎日変わります。死ぬと、くやしい、さびしい、嬉しいといった心はなくなりますが、魂はなくなりません。こう言うと、死後世界の問題は医学や遺伝子とは何の関係もない。見当はずれだからよそでやれ、そもそも宗教学で講演せよとなるわけですが、よく考えてみてください。人間は心だけで動いているわけではないのです。

潜在意識という、自分の意思(顕在意識)ではどうしようもないようなもので動いている時もあります。そういう状況を考えると、魂こそが本当の自分であり、それに対して神が体を貸しているというのが、私の中では正解です……

村上和雄先生は、いつも「こんなことを言うと、科学者が無責任なことを言うなと言われますよ」と、愉快そうに笑って、堂々と魂の存在を肯定しています。

宇宙空間から地球を見下ろし、小さな光の一つ一つが人間だと気付いたとき、その光は人間の肉体からのものではなく、エネルギーとして感じられました。あの光は一人一人の魂のものだったのではないかと思います。

魂があるのかないのかといった議論はこれまでもいろいろなところでなされてきたのでしょうが、私が見て感じたあのキラキラ光るエネルギーの一つ一つが「魂」と呼ばれるものなのではないかと思うのです。魂の実在の証明はなされていませんが、同じように、不在の証明も聞いたことがありません。魂の存在を説明できないのは、それが人知を超えるもので、今の人間の理解の及ぶ範囲にはないというだけで、人間の言葉では説明することのできない、表現のしようがないということなのだろうと思います。魂の存在は感じ取るしかなく、これを説明することはとても難しいのですが、亡くなったはずのKさんからのメールは、決して偶然ではなく、肉体を失ったKさんがそこに存在し、私にコンタクトしてくれたのだと思っています。

意思の疎通は通常、言葉だったり、身振り手振りなど非言語でも行なわれますが、テレパシーのようにエネルギー同士が直接交流する「意思の疎通」もやはりあると思います。それは心にふと浮かぶ直観のようなものでもたらされたり、また、Kさんからのメールのようにとてもわかりやすい現実的な方法でもたらされることもあります。

ゴトムさんとの出会いのときのような夢のお告げなどもその一つでしょう。ある意思を持つエネルギーが、夢を通して私に「連絡」をくれたのだと思っています。それを科学的に説明することはできませんが、私はこの後、その仮説を裏付けるような体験をさらに重ねることになりました。

「久しぶり！　会いたかったよ」

ショッピングモールのインド料理店に二年ほど勤めた後、あるレストランに職を得ました。

ビュッフェスタイルのレストランで、私はそこの責任者を任されました。その日も朝からたくさんの料理を作り、中央の大きなテーブルに並べてお客さまを待っていました。十一時のオープン時間になると、お客さまが一斉にお店に入ってこられます。私はエントランスに立ち、お客さまをお出迎えしていました。

一人の男性が、私を見るなりにっこりと微笑み、「おーい！」と手を振りながら入ってきました。少し小走りで私の方に近づいてきながら、大きな声で「久しぶり！　会いたかったよ！」と言うのです。顔をクシャクシャにして、息を弾ませています。

初めて見る方です。たくさんのお客さまと接していますが、この方にお会いした記憶はありません。見たところ三十代後半ぐらいでしょうか。私のすぐ目の前まで来ると、ますます目を輝かせて、

「本当に久しぶりだね。会いたかったよ！」と言われるのです。

私はすぐに、その方が障がいを抱えていらっしゃるのだとわかりました。

とても不思議なことですが、何度かこのような体験をしています。まったく見ず知らずの方から、「久しぶり！　会いたかったよ」と言われるのです。しかもいつも決まってそ

の方は何らかの障がいを抱えていらっしゃいます。その数ヵ月前にも、介添えの方に車いすを押してもらっていた男の子から「久しぶり！　会いたかったよ」と言われました。私はそのたびに、訳もわからず何とも言えない嬉しい気持ちになります。だって、初対面の方から、会えて嬉しいよと喜んでもらえるのです。こんなステキなことがあるでしょうか。

「本当に久しぶりよね！　私も会いたかったです。元気だった？」。少し戸惑いながらも、私はそう答えました。彼はこう続けました。

「嬉しいな。本当に嬉しいな。久しぶりに会ったんだから、たくさん話がしたいよ」

本当に嬉しそうです。私は彼を、料理の置いてある中央の大きなテーブルのところへ案内しました。

ランチタイムのレストランはあっという間にお客さまで一杯になり、慌《あわ》ただしくなってきました。その方とゆっくり話をしたいのですが、仕事をしなくてはなりません。そこで、

「せっかく私のレストランに来てくれたんだから、まずはお料理を食べてね。自由にお皿に盛ってきていいんですよ。あとでまたお話ししましょう」

そう言うと、彼は中央に並んだお料理の数々を、端からずっと目で追いかけて、そしてこう言ったのです。

「どれもおいしくなさそうだ」

意外な答えにびっくりしました。

「あら、そう？　どうして？」と、聞いてみたのです。

すると、

「あのね、世の中で一番おいしいごはんは、お母さんが作ったごはんなんだよ」

と言うのです。


私たちの会話をそばで聞いている方がいます。七十代くらいでしょうか。どうやらお父様のようです。見ると、お父様は人目もはばからずオイオイ泣き始めました。そして私にこうおっしゃるのです。

「いったいあなたは何者なんですか？」

びっくりしました。息子さんが私と親しそうにおしゃべりしているのでそうお尋ねになったのでしょうが、見ず知らずの方から話しかけられたことといい、お父様のその涙といい、私のほうが質問したいことだらけです。お父様は続けてこうおっしゃいました。

「息子は昔からあなたを知っているように、嬉しそうに声をかけていましたが、私は驚きました。目の前で起こっていることが信じられないのです。息子が誰かと会話をするのを初めて見ました」

息子さんはとても自然に私に話しかけてきました。これまで誰とも会話したことがないなんて信じられません。

「息子は自閉症で、会話ができないのです。もちろん私とも家内とも、言葉のキャッチボールをしたことはありません。その息子が、いきなりあなたと会話しはじめたのですから、もう……」

お父様はそう言いながら、ハンカチで目を覆っています。

「今日は、息子と二人でこちらに来ました。

家内はたまたま来られなかったのです。

この様子を見せてあげられなかったことがとても残念です。けれど、息子が、世の中で一番おいしいごはんは、お母さんが作ったごはんなんだ、と言いました。その言葉を知ったら家内はどんなに喜ぶでしょう。早く家内に教えてあげたいと思います。息子は、お母さんが作るごはんが世の中で一番おいしいと思っていたんですね」

私は感動していました。何が起きているのか私にはよくわかりませんでしたが、これまで人と会話を交わしたことのない自閉症の方が、今日、初めて私と会話したというのです。

食事の後、彼のテーブルに行きました。

「ここのお食事はどうでしたか？　もちろんお母さんのごはんが世の中で一番おいしいでしょうけど、ここのもおいしかったでしょう？」と話しかけると、

「もっといろんな話がしたかったのに、お料理の話しかできなかったから残念だ」

彼はそう言いました。隣でお父様はその様子にまたも驚きながら、それでも嬉しそうに笑っています。

「今まで、この子は普通じゃないと思っていました。障がいがあるのでかわいそうだと思っていたのです。私たちの言葉を理解することもできないし、まるで違う世界に生きているようだと思っていました。でもそれは私の思い違いですね。この子は普通の人と何ら変わらない。同じことを考えて、同じことを感じていたのです。今日から私はこの子を特別扱いしません。この子はいったい何を考えて、何を感じているんだろうと不安になることもありません」

お父様はそうおっしゃいました。

大したことのない”悲しみ“

もう一つ、とても印象に残った出来事があります。

その日も朝から準備で大忙しでした。ビュッフェスタイルのレストランなので、とにかく朝が一番忙しいのです。開店前にすべての料理を準備しておかなければなりません。メニューはオーナーが決めます。その日のメインはカレーでした。前日から仕込みをして、あとはコトコト煮込むだけ。カレーは問題なく間に合いそうです。ホッと一息ついたとき、メニューの書いてあるメモをもう一度確認しました。そこには「ビーフカレー」と書いてあります。

一瞬、血の気が引きました。私が用意したのはビーフではなくポークだったのです。出来上がるのを待つだけになったポークカレーを前に、私はただ慌てていました。オーナーの注文はビーフカレーです。すぐにオーナーに報告しなければなりません。青くなりながら受話器を取り、オーナーに電話をかけました。

私はそのレストランの責任者です。大きなミスを犯した私は、オーナーからすごい剣幕で怒鳴られながら、一方で自分を責め続けていました。どうしてこんな凡ミスをしてしまったのだろう。私のせいでレストランのスタッフ全員にいやな気分を味合わせてしまった。後悔の言葉だけが頭の中をこだましています。

責任者としての資格なしだな。

どうして早く気が付かなかったんだろう。

結局その日のメニューはビーフカレーではなく、ポークカレーになりました。ほとんど作り終えていたのですから、オーナーも渋々了解するしかありません。

十一時の開店時間になりました。お客さまがレストランに入ってきます。ここの食事を楽しみにしているのです。こんな悲しい気持ちでお出迎えするなんてお客さまを裏切っているようで居場所がないように感じていました。落ち着きません。笑顔もひきつっています。何をしても後悔の念に苛《さいな》まれ、自分を責める言葉しか出てきません。

「いったい、私は何をやっているのだろう。本当に情けない」

ふと視線を感じました。小さな女の子がこちらを見ています。女の子は隣に座っているお母さんのカーディガンの裾を持ち、黙って座っていました。

その女の子は、水頭症《すいとうしょう》という病気でした。落ち込む私をじっと遠くから見ています。ハッとしました。私に何があったのかを見透かすようなそのきれいな瞳に吸い込まれそうになりました。すると突然その女の子が話しかけてきました。言葉で話しかけてきたのではなく、私の心に直接話しかけてきているようでした。こう言ったのです。

「あなたのその悲しみは、大したことないと思う」

一度伏せた顔をもう一度上げて、女の子を見つめました。女の子の口元は少し微笑んでいるかのようです。

「私を見てよ。がんばってるでしょ？　だから、あなたもがんばってね」

そう言っています。

ビュッフェスタイルのレストランの店内はとても広々としています。賑やかなそのレストランの中、女の子と私の間には、かなりの距離がありました。その間をお皿を持った人が時折横切ります。それでも女の子は、少し口元を緩め、微笑みかけるように私のほうを見ています。その声は天使の声のように、私の心の中に響いていました。

女の子の言うとおりだと思いました。私は何をそんなに落ち込んでいたのでしょう。レストランはいつにもましてにぎやかです。どのお客さまもとてもおいしそうにポークカレーを食べています。この経験が私には必要だったのです。この経験を生かし、もっと慎重に行動できるようになることでしょう。

「あなたのその悲しみは、自分で作ったものですよ」

ゴトムさんからそう言われてハタと我に返ったときのように、このときもまたその女の子のおかげで、マイナスな感情をいつまでも引きずることなく、さっと気持ちを切り替えることができました。遺伝子が喜ぶほうに軌道修正することができたのです。

私はその女の子に伝わるように、心からお礼を言いました。

「ありがとうね。あなたの言うとおり、これは悲しみとは言えんね。それを気付かせてくれてありがとう。本当にありがとうね」

心に直接話しかけられるという不思議な体験でした。とても自然で、違和感はありません。それは言葉としてではない、もしかしたら、もっと感覚的なものとして、彼女の気持ちが伝わってきたということだったのかもしれません。

彼女は確かに、「あなたのその悲しみは、大したことないと思う」と言いました

私からの「ありがとう」も、あの子に伝わったに違いありません。そう確信しているの

です。

あとでオーナーが来て、空になったポークカレーのお鍋をのぞき込みながらこう言いました。

「今日のポークカレーは、えらく評判が良かったみたいね」


それから数ヵ月後のことです。

レストランにまた不思議なお客さまがみえました。その方が私を見てこう言います。

「私にはいつも、十一の神様が話しかけて来ます。その中のお一人が、あなたにこう言っていますよ。『あなたはここにいるべきではありません』『あなたは愛のないところにいてはいけません』」

突然のことで驚きました。でもこれまでにもさんざんそういう不思議な体験をしています。

さらにその方は続けました。

「すべての人は、お役目を持って生まれてきます。あなたも自分のお役目を果たすのですよ。本当の使命を思い出してくださいね」

その言葉を私はしっかり受け止めました。

実はその少し前から、ここが本当に私の居場所なのですかとサムシンググレートに問いを投げかけていたのです。不思議なお客さまの言葉を耳にした瞬間、その方が私にメッセージを運んできてくれたのだと思いました。それをきっかけに、私はそのレストランを辞めました。ここではたくさんの貴重な体験をさせてもらいましたが、次のステージに行くべき時が来たとサムシンググレートから言われていると感じたからです。

生まれてくる赤ちゃんからのささやき

いま思い出しても感動で胸が熱くなるような、特別な思い出があります。

私は電車に揺られていました。電車に乗ることは滅多にありません。久しぶりに電車に揺られながら、ゆっくり車窓から外を眺めていました。

行きかう人や車、たくさんのお店、きれいに手入れのしてあるお庭。はるか向こうまで続く家々の屋根。どの家々にもいろんなドラマがあって、みんな一生懸命生きているんだろうな……そんなことをぼんやり考えていました。そして私が宇宙に飛び出していったあの瞬間のことを思い返していました。

ガンと告げられ心が虚無だったあの病室。そこから一気に天空に飛び出し、宇宙空間から地球を見下ろしていたあの瞬間。一つ一つの小さな光が人間だと気付き、みんな七十兆分の一の奇跡の確率で生まれてきたんだと思うと、その小さな光の一つ一つが愛おしくてなりませんでした。一つの小さな光である彼らは、自分がいかに完璧な環境に存在しているのかを知る由もありません。自分たちの狭い世界の中で右往左往しています。

「大丈夫。私たちはすでに必要なものすべてを地球から与えられているんだよ。私たちはこの地球に選ばれて、望まれて生まれてきた。誰一人として価値のない存在はいない。みんなこの世界を経験して感動するために生まれてきたんだよ。だからこの人生を楽しんでね」

あの時を思い出し、車窓から外を眺めながら、はるか遠くまで永遠に続くかと思われる家々の窓に向かってそう叫びたい気持ちでした。

電車の中に目を戻すと、はす向かいに妊婦さんが座っています。おなかの大きさからしてもう臨月が近いでしょう。私も経験者。この妊婦さんももうすぐ生まれてくる我が子との出会いを心待ちにしていることでしょう。体内にもう一つの命を宿すというこの神秘的で感動的な体験は、とても言葉で説明することなどできません。私はその妊婦さんのおなかに向かって心の中でこう話しかけました。

「あなたも七十兆分の一の奇跡の確率でもうすぐこの地球に生まれてくるんだね。おめでとう！　あなたはここでどんなことを体験したいのかな。どうか、このお母さんと思い切り人生を楽しんでくださいね」

偶然電車の中で出会った、今まさに生まれ来ようとしている新しい命を、私は心から祝福していました。

するとふと、男の子の顔が浮かびました。かわいい顔が浮かんできます。顔しか見えませんが、なぜだか男の子だとわかりました。すると、その男の子が話しかけてきたのです。

「あのね、今からぼくは生まれてくるんだけどね……」

言葉ではなく、直接心に言葉が響いてくるのです。

「お母さんに伝えてください。ぼくは障がいを抱えて生まれてきます」

驚きました。事態を理解しようと私の脳はあれこれ仮説を立て、無理やり説明をつけて自分を納得させようとしています。けれど、それは無駄なことだとわかっていました。頭で考えるとよけい混乱します。今、あのお母さんのおなかの中の赤ちゃんのエネルギー

（魂）は、私のエネルギー（魂）に直接話しかけてきたのです。私はそのエネルギーを感じることに集中しました。

「ぼくは障がいを抱えて生まれてくるので、大好きなお母さんは、ぼくと一生会話することができません。ぼくはぼくの気持ちをお母さんに伝えることはできないんです。だから、お母さんに伝えてください。大好きなお母さん。ぼくはお母さんをとてもとても愛してるよって」

胸が一杯になりました。赤ちゃんの気持ちが痛いほど伝わってきます。

向かいに座っているそのお母さんは、私たちの会話のことなど何も知らぬまま、気持ちよさそうに電車に揺られています。

重大なメッセージを託されてしまいました。さて、どうしたらそのメッセージを伝えることができるでしょう。私の脳は一気に活動を始め、どうしたらいいか考えはじめました。「あなたのお子さんは、障がいを抱えて生まれてくるそうですよ」などと、いきなりお伝えするわけにもいきません。見ず知らずの人から突然そう言われたら、どんなに温厚な人でも怒り出すでしょう。まだ見ぬわが子を思い、誕生のその日を心待ちにしているのです。

このまま何も言わずに去ったほうがいいのだろうか。けれども、赤ちゃんの切羽詰まったお願いを無視することもできません。

私は恐る恐る、目の前に座っている妊婦さんに声をかけました。

「おなかが重たそうですね。予定日はいつですか？」

お母さんはこちらを向くと、ニッコリ微笑んで、

「はい。もうすぐ生まれてくるんですよ」

とおっしゃいます。目の前にさっきの男の子の顔が浮かびました。

やっぱりそうだ。鼓動が早くなっています。

順調ですか？　そんなことを聞こうと思ったとき、妊婦さんはこう言ったのです。

「実はですね。この子は障がい児として生まれてくるのです。検査でわかっていました」

なんということでしょう！

あの赤ちゃんが言ったとおりです。

私の心臓は大きく波打っていました。

私はたった一言、「おなかが重たそうですね。予定日はいつですか？」と聞いただけです。

それなのにこの妊婦さんは、電車の中で出会った見ず知らずの他人に、おなかの子どもが障がい児であると打ち明けてくれました。たとえどんなに私が幸せそうで温厚な人に見えたとしても、そこまで打ち明けてくれるものでしょうか。その妊婦さんもきっと、「ふと言いたくなった」のではないでしょうか。お母さんにどうしてもメッセージを伝えてほしい赤ちゃんが、お母さんのエネルギー（魂）に直接働きかけて、なんとなく言いたくなるようにし向けたのではないでしょうか。お母さんも無意識に、私と同じような直観を受け取ったのではないでしょうか。

意を決しました。ここまで赤ちゃんがお膳立てをしてくれたのです。赤ちゃんはどうしてもお母さんにメッセージを伝えたいのでしょう。私は妊婦さんの隣の席に移り、妊婦さんのほうを向きました。

「あなたが信じるか信じないかわかりませんが、実は先ほど、あなたの息子さんが私に話しかけてきて、お母さんにメッセージを伝えてほしいと言っています。自分は障がいを抱えて生まれてくるのだと話してくれました。そのメッセージをお伝えしてもよろしいですか？」

私は思い切って切り出しました。

さすがに妊婦さんもびっくりするかと思いましたが、しかしそうではありませんでした。

妊婦さんは身を乗り出して、

「お願いします。教えてください」

と言い、こう続けました。

「なぜ男の子だとわかったのですか？　確かに、産婦人科の先生にこの子は男の子だと言われましたが……」

少し震えている自分の声が電車の騒音にかき消されないように、私はゆっくりと話しはじめました。

「あなたの赤ちゃんは私にこう言いました。

ぼくはもうすぐ生まれてくるんだけど、障がい児として生まれてきます。

お母さんはぼくと一生会話をすることがないでしょう。

だから、お母さんに伝えてください。

大好きなお母さん。ぼくはお母さんをとてもとても愛しているよ」

妊婦さんは顔を覆って、ワーッと泣き出しました。大粒の涙があふれてきます。私はただその妊婦さんの肩を抱きしめていました。私の頬にも熱い涙があふれています。妊婦さんの涙はいつしか嗚咽《おえつ》になり、赤ちゃんの言葉を思い返してはまた両手に顔をうずめて泣いています。しばらくして彼女はやっとのことで私のほうを向き、声にならない声でこう言いました。

「障がい者としてこの子を育てる中で、辛いこともたくさんあることでしょうが、この子からの今の言葉だけで、私は一生幸せに生きていけます」

障がいを抱えて生まれてくると知っていて、赤ちゃんの誕生を待っていた母親としての決意に心を打たれました。どれほどの覚悟で誕生の日を待っていたのでしょう。母性とはかくも深く、強いものなのです。どんな障がいを抱えて、どんな状態で生まれてくるかもわからない。それでも母は、自分の命も、自分の人生も投げうって、愛するわが子を守り抜くのです。

穏やかに電車に揺られていた先ほどまでの妊婦さんを思い出していました。とても満ち足りていて幸せそうでした。障がいを抱えた子どもを産み育てるという強い覚悟がこの妊婦さんの懐を大きく広くしたのでしょう。彼女はまるで大きなゆりかごのような、安心感をかもし出していました。ゆるぎない大きな愛です。

「ありがとうございました。

ありがとうございました。

その言葉を聞くことができて、私は本当に幸せです」

妊婦さんは、繰り返し私に言いました。

やがて、妊婦さんが降りる駅に着き、私たちはそこで手を振って別れたのです。電車の中の出来事で、お互いに名乗り合うこともありませんでした。

あれから五年がたちます。あのお母さんと赤ちゃんは、どんなことがあっても、それを乗り越えてたくましく生きていることでしょう。

あの赤ちゃんと私は、魂同士で会話をしました。一度出会って会話をしているので、次に出会うことがあったら、お互いにどこかで会ったような気がする……かもしれません。

そしてきっと声をかけてきてくれることでしょう。

「久しぶり！　会いたかったよ」

空に向かって気持ちを開く

どうやら私の人生には、障がいを抱えた人たちと関わっていく——というシナリオがあるように感じています。ガンを克服してからというもの、何度となく障がいを抱えた方たちと不思議なご縁をいただくようになったからです。そこには、「エネルギーの交流」というものがテーマとしてあるように思います。これまで何度か知らない人に「久しぶり！会いたかったよ」と言われてきたことはすでに書いたとおりですが、小さな出来事をあげると、不思議な体験は枚挙にいとまがありません。

自分でも不思議に思うのですが、そこには言葉を超えた何かがあります。人が本来持っている機能です。人と会話するということがままならないような障がいを抱えている方や自閉症の方は、その「言葉を超えたエネルギー」の存在をいつも感じているのではないかと思います。

会話のできない重度の自閉症でありながら、パソコンや文字盤を使ってコミュニケーシヨンができるという特殊な才能を持ち、絵本、詩集など二十冊ほどの本を執筆している東田直樹さんは、その著書『自閉症の僕が飛び跳ねる理由2』（角川文庫）の中で、次のように書いています。

「僕は、話そうとすると頭が真っ白になってしまい、言葉がでてこないのです。今でも僕は、文字盤やパソコンを使わないと、言いたい言葉を思い出すことはできません。会話は『はい』『いいえ』などの簡単な返事をするのも大変です。それでも何とかして答えるために、過去にあった同じような場面を頭の中で思い返します。

思い返しているうちに、質問をオウム返しすることもあります。そうして自分がすぐに使える限られた単語や、人から繰り返し教えられた言葉の中から、答えを探そうとするのです」

「僕の場合は、どうやれば話ができるのかどころか、変な声を止められない。頑張っていないわけではなくて、自分の意思とは関係なく言葉が出てしまうのだ。

それが辛くて、僕は自分が嫌になる。

悲しくて、恥ずかしい」

東田直樹さんは、会話をすることができない重度の自閉症です。その彼がパソコンや文字盤などで、自分の意思を外部に伝えることができるようになりました。自閉症の方が何をどう受け止め感じているかを外部に伝えることに成功した、とても珍しいケースなのだそうです。『自閉症の僕が跳び跳ねる理由』（角川文庫）は東田さんが十三歳のときに書かれたものです。そして続く『自閉症の僕が跳び跳ねる理由2』は十六歳のときに書かれています。一作目は今や二十ヵ国以上で翻訳され、世界的なベストセラーとなっています。

その中で、東田直樹さんは繰り返し、言葉の壁について書いています。

自分の思っていること、感じていることを伝える手段がないというのはどんなに苦しいことでしょう。私たちには想像することもできません。伝える手段がないだけならまだしも、思っていることと反対のことを反射的に言ってしまったり、つい誤解を生む行動をとってしまうこともあるそうです。その制御ができずに深く傷つき、悲しい思いをされていることなど、読んでいて胸が痛くなりました。

こんな文章が目に留まりました。

（「跳びはねるのはなぜですか？」という質問に対して）

「思いどおりにならないときだけではなく、嬉しいときにも僕は跳びはねます。今の僕にとって、それは感情を自分の中で整理するためのものだと思います。たとえて言うのなら、こんな感じです。

（大事にしている気持ち）という静かな水面に石を投げられて、波紋が広がります。波紋はなかなか静まらないから、イライラして自分でかき混ぜてしまいます。すると、ますます水面が揺れるので、なんとかしなければと、今度は跳びはねて上下に揺らしてしまうのです。それが、跳びはねる状態だと思います。

僕が跳びはねたくなるほど感情の起伏に耐え切れないのは、体のコントロールがきかない上に、感情のコントロールがきかなくなると、自分をどう保っていけばいいのかわからなくなるからです。

普通の人も同じような気持ちになることはあるとは思いますが、行動のコントロールが自分の意思で出来るので、そんなに困ることにはならないと思います。僕にとって混乱した感情というのは、得体の知れないモンスターなのです。

跳びはねることの理由には、手足の位置がわかることによって、自分の存在が実感できること。空に向かって気持ちが開くことなどもあります。

空に向かって気持ちを開きたくなるのは、人では僕の気持ちを受け止められないと思っているからです」

最後の一行を読んだとき、なんとなく答えがそこにあるように思えました。東田さんは「自閉症の僕が飛び跳ねる理由」として、「空に向かって気持ちを開きたくなるから」と言っています。それは「人では僕の気持ちは受け止められないと思っているから」だと言います。

自分の本質につながった

明日はないかもしれないと思い、今生かされていることに心から感謝する——そのとき、私は私でいることが嬉しかったのです。その一言に尽きます。感謝を感じているとき、最高に「幸せ」でした。するとまた「ありがとう」と出てきます。感謝の気持ちはそうやってどんどん膨らんでいきました。感謝が感謝を呼ぶのです。

それは、こんな人生だから幸せだった、こんなことがあったから幸せだった――そうした外的な「幸せ」ではありません。そういう「幸せ」は、私が着ることになった上着のようなものです。もし「お金があるから幸せです」なら、お金がなければ不幸になります。「学歴があるから幸せです」なら、学歴がなければ不幸ということになります。

私が心からの感謝を感じているのは、肩書や性格や肉体という上着を一枚一枚脱いでいった先の、それまで自分だと思っていたものの制約から完全に自由になった私です。私の本質の部分です。私の「ありがとう」は私の本質、物事の本質の部分に向けられています。「ありがとう」と言えば言うほど、私は私の本質を探していたと思うのです。つまり本質の部分に感謝したかったのです。

十二年間唱えてきた１００万回を超える「ありがとう」は、私がたくさん着込んでいた上着を一枚一枚脱がせてくれたと思います。これが自分だと思っていたものすべてをそぎ落としたとき、最後に残った私の本質の部分。それは光でした。その光のことを魂と言うのかもしれません。その光はサムシンググレートが創造した宇宙の一部です。私の「ありがとう」は私自身の本質への感謝でした。私の本質、つまり宇宙に対する感謝でした。

私はいつの間にか、宇宙とつながっていました。いえ、そう言うと少し違うかもしれません。「宇宙と、より強くつながるようになった」ということだと思います。「ありがとう」と言うたびに、私は私の内なる偉大な存在に感謝し、そこに近づいていたのだと思います。内なる偉大な存在こそ、サムシンググレートであり、宇宙なのだと思います。

この世界に存在している以上、宇宙とつながっていない人などいません。自覚しているいないにかかわらず、みんな宇宙とつながっているのだと思います。すべての人が七十兆分の一の奇跡の確率でこの世に存在しているのですから、そこに宇宙の意思がないはずはありません。みんな宇宙とつながっているのです。

遺伝子の喜ぶ生き方をし続け、心から「ありがとう」と感謝することによって、宇宙とのパイプはより太く、強固なものになっていくのだと思います。眠っている九五パーセントの遺伝子の中には、宇宙ともっとつながるようにする働きがあり、おそらく私は、その遺伝子を日々目覚めさせてきたのです。ワクワクして遺伝子を目覚めさせ、目覚めた遺伝子は私と宇宙のパイプを太く強くしてくれた。その連鎖です。それはらせん階段を上っていくようにずっと続いていくのです。

身の周りの変化

宇宙とのパイプが太く強固になってくると、私に目に見えて変化が起こりはじめました。「出会い」です。遺伝子が喜ぶ生き方を選択するようになってからというもの、必要なときに必要な人と出会い、その出会いはその都度私を後押ししてくれています。

たまたまお店にいらしたお客さまから重要なメッセージをいただいたり、またインド・ネパール料理店を始めたいと店舗探しをすると、ふと出会った方が、空き店舗の借り手を探していたといった具合です。障がいを抱えた方との不思議なご縁も私の人生に大きな影響を与えました。

ロータス一号店を開始して以来、つまり今から二年ほど前からのことですが、とても不思議な人たちが突然お店にやってくるようになりました。

表現しようがないのですが、宇宙人のような人たちです。中には「宇宙人です」と名乗る人もいます。

お婆さんと一緒にお店にきた小学校低学年生らしい女の子は、「宇宙時代の記憶があります。実は、前の星にいたとき、赤ちゃんをたくさん産み、そのことで表彰されました」と語っていました。その容姿がネコそっくりで、しなやかで、柔らかそうで、子どもをたくさん産めそうな体つきだったのが印象的でした。

別の子どもは、この部屋（ロータスを指して）には宇宙人がいるよと教えてくれました。人ではなく、エネルギーを指して、そう言うのです。ケンカなんかしたら、せっかく宇宙人が応援して愛を与えているのに、ケンカすることでUFOにヒビが入ってしまう――と真剣な顔つきでした。「だから、私の愛でUFOを修理した、この世界は、愛がないとダメなんだ、宇宙もそうなんだ」と、固定観念のない子どもがそんなことを伝えてくれるのです。

そういう不思議なことがずっと続いています。今の私には、太陽は円く見えません。昔の光ではなく、虹色の光そのものです。

サヤエンドウのツルがスクスク成長して棒に巻きつきますね。誰に命じられるわけでもなく、自分の意志で、独りで巻きつきます。「わあ、すごい！」と私はそれに感動しています。

そうして素直に感動していると、サムシンググレートは、さらに新たな感動を見せてくれます。ほら、ごらん、とでも言うように、サムシンググレートはそうした感動を見せたがっているように思えるのです。だからワクワクが止まらない、当たり前のことなんてない、と感じるのです。

遺伝子が生き生き喜ぶ生き方を選択した結果、私の意識は、私が受け取る必要のあるものを引き寄せているように思います。そこには確かに宇宙の采配、サムシンググレートの存在を感じます。私の遺伝子は、ますます遺伝子のスイッチをオンにしていくような出会いと出来事を準備してくれるようなのです。

あまりに頻繁に障がい者の方から声をかけられるので、一緒にいた叔母が、「え、本当に知らない人？」と尋ねたこともあります。障がい者の方が私を見つけ、ニコニコ笑顔で近づいてくる様子から、私たちが初対面だとは誰も思わないでしょう。彼らはまるで懐かしい友と再会するように、しっかり私の目を見つめて、「会いたかったよ」と言います。屈託のない、はじけるような笑顔とともに。

私たちは、かつてこの宇宙のどこかで巡り合っていたのでしょうか。彼らはその記憶を持っているのかもしれません。彼らに心から「会いたかった」と言われると嬉しくてしょうがないのは、私にも埋れてしまった宇宙時代の記憶があるからなのかもしれません。

私のところに話を聞きに来る方々は、私と話をすると不思議と元気になると言ってくださいます。帰り際には皆さん笑顔を見せ、「元気になります」と決意を新たに帰って行くのです。

私たちは言葉だけで交流しているわけではないのです。宇宙とのパイプを通して、目には見えないエネルギーの交流も同時にしているのではないでしょうか。太いパイプから送られてくる宇宙のエネルギーの中に身を置くことで、皆さんは元気になるのだと思います。

宇宙とのパイプが太く頑丈になれば、宇宙の完璧な美しいハーモニーの中に、いつでも身を置いていられます。不調和はありません。完璧な調和しかないのです。

眠っている遺伝子を目覚めさせるために、遺伝子の喜ぶ生き方をする。すると宇宙とつながり、完璧な調和の中に生きることになる――それがこの十年間で私が得た感触です。

東田直樹さんはこう言っていらっしゃいます。

(「自閉症者についてどう思いますか?」という質問に対して)

「僕たちは、人が持っている外見上のものはすべて持っているのにもかかわらず、みんなとは何もかも違います。まるで、太古の昔からタイムスリップしてきたような人間なのです。

僕たちが存在するおかげで、『世の中の人たち』が、この地球にとっての大切な何かを思い出してくれたら、僕たちはなんとなく嬉しいのです」

障がいを抱えて生まれてきた方、自閉症として生まれてきた方々は、もともと太くて頑丈な宇宙とのパイプを持って生まれてきたのだと思います。ご本人は、日々大変なご苦労があり、不自由されていることでしょう。ですが、そんな方々が放つ宇宙のエネルギーは、私たちを照らし、宇宙とのパイプの在りかを教えてくれます。人はその方たちから、「宇宙とつながる」とはどういうことかを学んでいくのだと思います。

（第三章）希望を届ける

希望を持つ

ガンを患い不安と恐怖のどん底にいるとき、私が何より欲しかったものは「希望」でした。私に明日はないかもしれないという絶望感は、周りの景色をすべて灰色に変え、色のない世界に一人ポツンといるようで、とてもとても孤独でした。何を見ても、何をしても味気なく、幸せな世界から一人はみ出したようで、目に映る風景すべてがよそよそしく感じられました。

もし世の中に、ガンで余命一ヵ月と宣告され、骨まで転移しているにもかかわらず、数ヵ月後すべてのガンが消えたという人が現われたら、私はきっとその人に会いたくて会いたくて、どんなに遠いところでも会いに行ったでしょう。直接会って、その人の元気な姿をこの目で確かめ、それが現実のことだと確認したかっただろうと思います。そうしてその人に、「私もそうだったから、大丈夫よ」と言ってもらえたら、どんな励ましよりも嬉しかったと思います。それが何より手に入れたい「希望」でした。

いま私のところにはたくさんのガンの方が来られます。遠くは東京、千葉、名古屋などからも、ここ九州熊本に来てくださいます。私はお一人お一人に誠心誠意お話させていただいています。同じ不安と恐怖を経験してきたからです。その不安な気持ちが痛いほどわかります。

私は十二年前、ガンを宣告され、辛い治療中に村上和雄先生の本と出会い、眠っている九五パーセントの遺伝子が一つでも目覚めてくれたら、今より少し元気になるかもしれないと一縷《いちる》の望みを抱きました。何よりも欲しかった「希望」を見出だしたのです。真っ暗闇のトンネルの向こうに微かな光を見たような気がして、前に向かって歩き出すことができました。だから皆さんにも、まず、再び前に向かって歩き出すための希望を持っていただきたいと思います。

私は何か特別な治療をしたわけではありません。特別な薬を飲んだわけでもありません。自分も七十兆分の一の奇跡の存在だと知り、その尊さに感謝せずにはいられなかっただけです。その事実が嬉しくて、一瞬一瞬に感謝してワクワク楽しむような生活に変わっていきました。すると、眠っていた九五パーセントの遺伝子のいくつかが目を覚まし、私の体を元のバランスのとれた体に戻してくれました。私がしたことはただ「感謝して、今を精一杯楽しむ」ことです。それ以外、実は何もしていないのです。

ガンを患っている方は、辛い状況の中で、希望を求めて私のところにいらっしゃいます。最初はとても緊張なさっていて、突然泣き出す方もいらっしゃいます。けれど、私がご挨拶すると、ほとんどの方は笑顔になります。その上でポツリポツリと身の上を話すのです。堰を切ったように苦しい気持ちを打ち明けられる方もいます。いろんな病状、いろんな気持ちの方がいますが、私は経験者の一人としてその方々の辛い状況をわかってあげられると思います。私は、かつて誰かにそうしてほしかったように、「私もそうだったから、大丈夫よ」と言ってあげられるのです。

無責任にそう言っているわけではありません。七十兆分の一の奇跡の存在である私たちに、できないことなどないと確信しているからです。宇宙空間から地球を見下ろしていたとき、この世界の完璧なハーモニーに感動していました。この世界に不調和など本当は存在しません。私たちの体もまた小さな宇宙。であるならば、私たちの体はもともと完璧に調和していると思います。自分を大事にして、今をワクワク生きることで、体はその完璧さを取り戻していくでしょう。

「そっか、私は大丈夫なんだ」と思うことが大切だと思います。その言葉が持つ「希望」が、モノクロの景色を色とりどりの世界に変えてくれると思います。自分だけ幸せな世界からはみ出していると思っていると、感謝の気持ちなど湧いてはきません。

もし、病床で出会った一冊の本に「人間の遺伝子は百パーセントすべて目覚めて働いています」と書いてあったら、私は希望を見出すことができず、今ここにこうして生きてはいなかったでしょう。九五パーセントの遺伝子がオフになっていると書かれていたから、その一パーセントでもオンになれば私も今より少し元気になるかもしれない——そう思いました。

それが大きな希望になったのです。だとしたら、九五パーセントの眠っている遺伝子はどうしたらオンになってくれるのだろう。ただ悲嘆に暮れるばかりだった私は、目の前に「自分の遺伝子を一パーセントでも元気にする」というゴールを設定することで、意識を集中することができました。少しの間でも不安や恐怖から目をそらすことができたからです。完全に不安を拭い去ることはできないかもしれませんが、不安と向き合う時間を少しでも減らすことは、遺伝子のスイッチをオンにするためにとても有効だと思います。

そんなことをお伝えすると、こわばっていた表情が、帰り際にはにこやかにほぐれ、最後に皆さん、

「房美さんから大丈夫よって言ってもらったら、私は本当に大丈夫なんだと思えます」と言って帰って行かれます。まったく不安を感じないようにすることなどできませんが、少しでも不安を取り除き、希望を持ってもらいたいと念じています。希望が目の前にあり、明るくなれば、遺伝子のスイッチは自然とオンになっていく。そう信じているのです。

人はガンでは死なないのよ！

私がさらに「希望」を持つことができた忘れられないエピソードがあります。抗ガン剤治療を終えた頃のことです。

抗ガン剤治療で髪はすべて抜け落ち、体力も落ちたままで、体を持て余すように生活していました。けれど、抜け落ちた髪の毛一本一本にもありがとうとお礼を言い、今という時を大切に、それまでになく穏やかに過ごしていました。抜け落ちた髪の毛に泣きながら「ありがとう」と言っている私を目撃した次男に、

「母さん、この特別な状況を楽しまなんよ（楽しまなきゃね）」と言われたのです。その言葉に私の遺伝子のスイッチがまた音を立てて入ったようでした。

「そうだ、私はこれまで楽しむという選択をしていなかった」そう気付かされました。楽しむことを選択するのも、苦しむことを選択するのも自分。だとしたら、楽しむことを選択したほうがいいに決まっているじゃない！　そう思ったのです。

残り少ない人生を思いっきり楽しむために次男が用意してくれたのは、カツラでした。ただのカツラではありません。金髪のカツラです！

「母さん、おもいっきり楽しんで！」という気持ちが伝わってきました。そのときから私はただ気分良く過ごし、どんな状況も楽しむことにしました。

その日は病院に経過を見るための検査に出かけました。次男から買ってもらった金髪のカツラを被っています。その後の経過を見るための検査ということで、さすがに少し緊張しています。

待合室で検査結果を聞くために呼ばれるのを待っていたときです。そばにいた女性が声をかけてきました。

「あなた、どこが悪いの？」

八十歳くらいのお年でしょうか。気品があり、見とれるほど素敵な方です。優しい笑顔でそうお尋ねです。素敵な方だなと思いながら、私も負けないほどの笑顔で元気に答えました。

「はい！　わたし、ガンです！」

その方は、さらに優しい笑顔になり、目を細めながら、

「そうなの！　良かったわねぇ！」とおっしゃったのです。

まさかそんな答えが返ってくるとは思いません。意外な答えに、さすがに私は笑顔でいられなくなり、真剣な顔でその女性に聞きました。

「どうしてですか？」

その方はこう答えられたのです。

「人はガンでは死なないのよ、死ぬときは寿命で死ぬの！」

なるほど。確かにそうです。人は寿命が尽きるまで生きるのです。ガンになっても、寿命が来ないことには死ねません。私がこの世にいなくなるとき、寿命が尽きたとき。そう

考えたら、なんだか拍子が抜けました。ガンかどうかは、私の寿命とは関係ないのかもしれません。とても気持ちが楽になりました。その言葉を聞いてから、自分のガンのことをあまり気にしなくなりました。

その方ともそれっきりそこで別れたのですが、その言葉には何度となく勇気づけられました。以来、私の話を聞きにいらっしゃる方々にも、このエピソードをたびたびお話させていただいています。

それにしても素敵な方でした。お年を召していらっしゃるのに背筋がシャンと伸び、こちらを向いて微笑むそのお姿に、一瞬見とれていたほどです。その方の周りの空気までも凛《りん》として見えました。

そのとき私は金髪のカツラをかぶっていました。ひいき目に見ても、自然な自毛には見えなかったはずです。そのとき、私は待合室で検査結果を待っていたのですから、ガンを患っていて、抗ガン剤の副作用で髪が抜け、カツラを被っているのだという想像は容易にできたと思います。

もしかしたらその方は、私の様子から私がガンだとなんとなく察し、わざわざ声をかけてくださったのではないでしょうか。彼女は私に伝えたかったのではないでしょうか。

「ガンなの。そうなの。良かったわね」と。

ガンを患っている人に、面と向かって「ガンで良かったわね」とは言えるものではありません。ガンで良かったと言い切れるだけの確信がなければ、とても言えない言葉です。その方も、もしかしたら私と同じような体験をなさっていて、ガンになったからこそ大事なことに気付いたのではないでしょうか。あるいはご家族が同様な経験をなさって、寄り添って看病するうちに同じような心境になったのかもしれません。そんな体験をなさったからこそ、たった今ガンを患っている他人を見て、「良かったわね」と言ってくださったのだと思います。長く人生を生きて、たくさんの経験をして、その経験から、人はガンでは死なない、死ぬときは寿命で死ぬんだと納得したのでは――と。その言葉は心底腑に落ちました。

次男から言われた「この特別な状況を楽しまなんよ」という言葉どおり、気分良く、楽しく過ごすことを選択していた折に、さらに気分良く、楽しく過ごすために必要な言葉でした。私にはその言葉が必要だったのです。遺伝子をスイッチオンするために、サムシンググレートがその言葉を届けてくださったのだろうと受け取っています。私たちはその折々で、必要な人と出会い、必要な出来事と遭遇していくのでしょう。サムシンググレートの書くシナリオはいつも奇想天外でユーモアにあふれ、私たちを楽しませてくれます。

目の前の人の幸せを祈る

私がガンになった頃から比べると、この十年間、治療方法もずいぶん進歩してきたことでしょう。ごく早い段階で適切な治療を受けることができれば、完治する可能性は十分にあると言われます。それでも、ガンが「不治の病」として最上位に君臨しているという事実は否めません。今や国民病となり、日本人の三人に一人がガンで死亡しているとも言われて、現在の医学では「ガンが治る」とは言えないのが現状です。

十年前の私の体は、ガンがいたるところに転移して、手の施しようのない末期中の末期でした。ランクは最終ステージをとっくに飛び越えて、これ以上ない状態でした。ガンの転移を告げられたとき、「あなたの肺は、転移ガンによって、たったいま呼吸を止めたとしても不思議ではない状態です」と言われたのです。余命一ヵ月どころか、一瞬先の命さえ危ぶまれていました。

そんな私が数ヵ月後、まったくの健康な体に戻って、普通の生活をするようになったのです。自分でもにわかには信じられないのですから、家族や親戚、友人たちの驚きといったらありませんでした。そんなことが本当に起きるんだ！　私の生還を喜んでくれると同時に、皆一様に驚きの表情を隠しきれませんでした。

奇跡をテーマにしたテレビの特別番組で、九死に一生を得た人のことが報じられても、それは遠い知らない土地で知らない人の身の上に起こったことです。「世の中には人知を超えたすごいことが起こるもんだな」と思っても、それまでのことです。自分には関係のないこととして、すぐに忘れられてしまうでしょう。実際にそんな奇跡に遭遇することなどありえないと誰もが思っているのです。けれど、実際に目の前に奇跡を起こした本人がいるとなると、話は別です。

私の噂は広がっていきました。最初は友人の紹介などで一人二人と、ガンを患った方が私のところへ来るようになりました。

皆さん必死の思いです。ご家族の誰かが噂を耳にして、本人のために話を聞いていく方もいます。私の身にいったい何が起きたのか、それが知りたくて、真剣にこちらの話を聞いています。私も精一杯お話を伝えます。住んでいるところ、年齢、病状――同じ境遇の方はいません。来られた方は自分が現在どんな病状で、どんな気持ちでいるか、細かいことまで包み隠さずお話しになります。経験者として、私はその方々の苦しい胸の内に共感して、真剣に対応することを心掛けてきました。「希望を持ってください」と、ただその一心でお伝えしているだけです。

そうならば、私自身が希望に満ちて、生き生きと生を楽しんでいなくては、希望を伝えることなどできません。誰かを癒すためには、まず自分の心と体を整えておかなければならない――それがよくわかりました。

私は遺伝子が喜ぶかどうかを選択の基準にしています。経験上、遺伝子をスイッチオンにする方法は、自分の心と体を整え、人生を生き生き楽しむことだと心得ているつもりでした。でも、自分の遺伝子が喜ぶだけではなく、目の前の方の遺伝子も一緒にスイッチオンにしたいのですから、さらに努力が必要です。すると、これまで以上に遺伝子が喜ぶ生き方を極め、自分の遺伝子はもちろん目の前の人の遺伝子も目覚めさせるような生き方をしなくてはなりません。

体の健康はもちろん、精神を健やかに保ち、いつも心が満たされていること。そして目の前の方の健康を心から願い、この出会いに感謝すること。そこに意識を向け集中するようになると、その方は私と話をしているうちに、遺伝子の喜ぶ生き方とはどういうものか、自然に感じ取ってくれるようになるのです。もっと驚くのは、それを実践するように変身することです。すると、状態が良くなり、すっかり元気になる方もたくさんいます。

私自身がさらに遺伝子の喜ぶ生き方を極める。それこそが、相手の方に「元気」をプレゼントする秘訣なのだとだんだんわかってきました。これは嬉しいことです。ますます自分の遺伝子を目覚めさせなければなりません。

これまでにどれくらいのガンの方が私のところに来られたでしょう。数えきれません。特に、『遺伝子スイッチ・オンの奇跡』を出版してからの一年強の期間は、前にも増してたくさんの方が来るようになりました。

自分の体験を本にしたいと思った本当の理由は、実は、訪ねてこられる方々一人一人に同じお話をするよりも、「これを読んでください」と本を手渡しすれば、もっと自分の時間ができるという自分勝手な都合からでした。

その考えは浅はかでした。実際は、これまでよりもたくさんの方が私の許に来られるようになったのです。誰かのお役に立っていると思えるのはありがたいことで、それは嬉しい悲鳴なのですが、本業のインド料理店のほうがおろそかになりはしないかと心配していたのです。

ところがありがたいことに、メキメキ日本語を上達させたゴトムさんは、電話応対、材料の注文、その他すべて経営に関わることをそつなくこなしてくれます。私は何の心配もなく講演会で留守することができるようになりました。仕事熱心で職人カタギのゴトムさんのコックさんとしての腕前もますます上達し、研究に研究を重ねてメニューもぐんと増えました。

母国に住んでいたゴトムさんの奥様のパールバティさんを半年前に呼び寄せ、お店を手伝ってもらっています。二人の息子さんはお兄さんの家に預けていますが、いずれその子どもたちも呼び寄せ、家族四人で暮らせるようになるのがゴトムさんの目標です。

奥さんのパールバティさんは日本語を話せません。私とはジェスチャーゲームのようにボディランゲージで意思の疎通を図っていますが、なんといってもご主人と一緒にいられる安心感で幸せそうです。日本の食べ物にも慣れ、以前よりふっくらしてきました。ゴトムさんも奥様と一緒に過ごすことで笑顔が増え、張り切っています。

インド・ネパール料理店、ロータスは、そんな幸せオーラで一杯です。最初は緊張して、暗い面持ちで来るガンの方も、私の希望の話を耳にして、ゴトムさんの料理を食べると途端に元気を取り戻し、血色が戻ってきます。帰りには決まって明るい表情になり、「遺伝子の喜ぶ生き方をします！」と決意を新たにされるのです。

ある方がお店に来てこう言いました。

「房美さん、ここはインド料理店ではなくて、神社みたいになっていますよ」

一歩踏み出す

たまたま開いた本のページに、疑問に思っていたことの答えがあったり、また誰かがふと言った言葉の中に、たったいま自分に必要なメッセージがあったり、そういうことを経験したことがありませんか。遺伝子が喜ぶ生き方を選択してきた私は、いつの間にか宇宙とつながるパイプを太く強くしていたらしく、そのような形でサムシンググレートからのメッセージを受け取ることが増えました。

私たちが質問を投げかけさえすれば、サムシンググレートはいつでも答えてくださいます。何かの答えがほしいときは、サムシンググレートに問いかけて答えを待つ。そうすれば、何らかのサインで答えてくださるようです。

こんなことがありました。

「たった一人でも、あなたの目の前に困っている人がいたら、あなたは手を差し伸べてね」

夢の中で抜けるような青空から降って来たその声に言われたとおり、その日電話してきたゴトムさんに、いつか日本でお店を開くときは手を貸しましょうと約束をしました。とはいえ、お店を開くと言っても何をどう始めていいのやら、私には何もわかりません。何もかも手探りです。実際にそんなことができるのかどうか、考えると不安です。そんなことにチャレンジしても大丈夫なのだろうか。

どういう手順を踏むのだろう。どんな準備をすればいいのだろう。何もないところからの出発です。資金を借りて始めたとしても、返さなければなりません。毎月きちんと返済していけるのだろうか。考えれば考えるほど不安は大きくなっていきます。そのうち前向きな発想が出てこなくなりました。これでは遺伝子が喜ぶどころか、機嫌を損ねてしまいます。一旦、そのことについて考えないことにしました。

ふだんよくやるのですが、考えても答えの出ない問題が起こったら、私はまず大きな風呂敷をイメージします。そしてその風呂敷に「問題」を包み、しっかり包んで神棚に上げるのです。神様（サムシンググレート）、あとはお願いしますという具合です。イメージでそうするのです。いつまでも悩んで、心にザラザラした感覚を留めておきたくありません。

ある日、机の上に雑然と置かれた新聞の中の、ある見出しが目に留まりました。ぼんやりと机の方に視線を移したときでした。そこにまるで吸い寄せられるように目が留まったのです。ゆっくり目で字を追いました。こう書いてありました。

「人生の失敗とは、一歩踏み出して失敗することではなく、一歩を踏み出さなかったこと」

人種差別反対運動を唱えた黒人女性の言葉でした。

反対に、「失敗を避けるには、行動しないこと」――という言葉もあります。一見なるほどと思うような言葉ですが、本当にそうでしょうか。何もしなければ何も得られません。何もしないことこそ時間の浪費です。奇跡の確率で生まれてきた私たちは、この貴重な時間を無駄になんか使っていられません。行動しなければ何も得られないのなら、行動しないことはもったいないことです。これほどの失敗はありません。

もし行動して本当に失敗しても、失敗したという結果が残り、次には失敗しないように努力する何かが残ります。それは前進です。何もしないうちから、ああでもない、こうでもないと考えていても何も解決はしません。行動を起こさないことには、それが問題なのかどうかもわかりません。

人生の失敗とは、一歩踏み出して失敗することではなく、一歩も踏み出されなかったこと。その言葉を見つけたとき、私は大きくうなずきました。そうです、夢の中で、いつかお店を開くときは手を貸しましょうとお告げがあったとき、

「サムシンググレート！　いつもありがとうございます。

サインを受け取りました。

本当にありがとうございました！」

と私は感謝の言葉を叫んでいました。

良かった！　せっかくのチャンスに、「行動をしない」という大失敗をするところでした。

迷いは消えました。サムシンググレートから背中を押してもらったのです。あとは行動

です。私はお店を開くための行動を始めました。

すべて順調とはいきませんでした。行き詰まることもあったし、小さな問題もたくさん発生しました。けれど、それはすべて次の行動のための学習材料でした。そんな経験を通して、たくさん気付きをいただいたのです。それこそが前進です。神棚に挙げた風呂敷は、今でもたびたび使っています。

その風呂敷のことを私は「エアー風呂敷」と呼んでいます。

難しい問題が発生したら、くよくよ悩んでいないで、エアー風呂敷を広げ、それを包んでさっさとサムシンググレートに預けます。今度はどんな方法で答えをいただくことができるでしょう。まずはサインに気が付く自分でなければなりません。サインに気付くことができるように、ますます遺伝子の喜ぶ生き方をして、宇宙と、そしてサムシンググレートと、もっと深くつながっていきたいと思っています。

（第四章）

元気になった人

八回読んで、八つの気付き

これまでの講演会は、熊本市内など限られた場所で、また限られた人数にしかお話できませんでした。ありがたいことに今では全国から講演の依頼が来るようになり、ますますたくさんの方にお話する機会が増えてきました。

今、とても不思議な気持ちです。

私の体験が「本」という形になり、この日本のどこかで、今日も誰かがこの本を手にしているかもしれません。ガンの辛い治療中、『生命の暗号』という本に巡り合い、大きな希望を頂いたように、この本が絶望の淵にいる方の手元に届き、希望をプレゼントしているかもしれません。

この本は私の分身であり、子どもです。手塩にかけて育てた我が子が誰かの手元に届き、たった一人にでも希望を持ってもらえるとしたら、こんなに嬉しいことはありません。私はその子の母親であることを誇りに思います。いま私の子どもである『遺伝子スイッチ・オンの奇跡』という本は、私の手元を離れ、自由に羽ばたき、必要にしている人のところへ届いています。この本を読んで感動してくださった方からこんな言葉をいただきました。

「この本は、この本を必要としている人の手元に届くように、自ら光を発していますね」

そのようなたくさんの反響と感謝のお手紙を頂戴し、そのことを確信するようになりました。どうやらこの本は、必要な人のところへ自らの意思で届いているようです。


この本が出版されたのは平成二十七年十月二十七日でした。そのわずか一ヵ月後の十二月初旬。ランチタイムの忙しい時間でした。お店の玄関の前に一人の男性が立っています。見たところ八十代くらいでしょうか。私は忙しくお客さまの給仕をしながら、その方がお店に入ってくるものとばかり思って待っていたのです。けれどなかなかお店に入ってくる気配はありません。変だなと思いながら玄関を覗くと、冷たい風が吹き付ける玄関先で、その男性はじっと立ち尽くしています。見ると、泣いているようです。

驚いて玄関を開け、

「どうかしましたか？」と声をかけました。

するとその方は、

「工藤房美さんですか？」とこちらの名前を尋ねるのです。そして、

「どうしても、この本を書いてくださった工藤房美さんにお礼が言いたくて来ました」
とおっしゃるのです。涙で声が震えています。
さらにこう言うのです。
『遺伝子スイッチ・オンの奇跡』を、私は八回読みました。何度も声に出して読みました。
毎回違った気付きをもらいました。八回読んで、八個の気付きを頂いたのです。八十年間
生きてきて、これほど感動して泣いたことはありません。人生で初めてのことです。八回
目を読んで、八個目の気付きを頂いたとき、涙が止まらなくなりました。泣いて泣いて、
涙が枯れるのではないかというくらい泣きました。よくこれほど涙が出るものだというく
らい泣いたのです。
次の週に病院に検査に行きました。実は私はガンを患っていたのです。
そのガンがなんと、すべて消えていました。私のガンはなくなっていたのです！
私にも奇跡が起きました。本当にこんなことが起こるのですね！　あなたの書かれた本
に気付かされました。この本と出会って、私は自分の人生をもう一度生きるチャンスを頂
きました。この本を書いてくださって、本当に、本当にありがとうございました。このお
礼がどうしても言いたかったのです。本当にありがとうございました」

その方は何度も何度も頭を下げ、お礼を言っていました。

冷たい風が二人の間を吹き抜けていました。その方が堰を切ったように話を始めたので、お店の中へご案内する間もありません。

「……すごい！」

私の心は感動で震えていました。私の頬にも大粒の涙がこぼれ落ちています。

私はこう言いました。

「そうですか。あなたはご自分で奇跡を起こされたんですね。あなたがご自身で起こした奇跡なんですよ！　本当にすごいことですね。どうか、七十兆分の一の奇跡の存在であるご自分の人生を、もっともっと楽しんでお過ごしくださいね。

私に伝えに来てくださって、こちらこそ感謝で一杯です。ありがとうございます。私も心から嬉しいです。本当に、本当に良かったですね」

感動のあまり寒さを忘れて、しばらく二人で風に吹かれていました。その方は再びお礼を述べ、急に来たことを詫びながら、ただお礼が言いたかったと繰り返し、帰って行きました。

呆然としながら店に入り、仕事に戻りました。その後もずっと嬉しくて仕方ありません。

何をしていても心が躍り、目に映るものすべてに感謝せずにはいられません。こんな嬉しい驚きってあるでしょうか！　あの方はガンを克服したのです。私の体験に感動して、そこから希望を見出し、自分自身で奇跡を起こしたのです。

「また奇跡が起こりました！　サムシンググレート。ありがとうございます！」

私が体験してきたものは、誰の身に起きても不思議ではないことでした。私だけ特別に奇跡を頂いたわけではないのです。みんな一人一人が七十兆分の一の奇跡の存在である以上、誰だって奇跡を起こすことができるのです。そのことをひそかに確信してはいたけれど、あの方はその確信をさらに強固なものにしてくれたのです。

私の体験が本という形になり、私の子どもであり分身であるその本は、それを必要としている人の手元に届きました。本を手にした方が、本からメッセージを受け取り、人生を大きく良い方向へ変えたのです。

村上和雄先生がおっしゃっています。

「僕はメッセンジャーなんだ」、サムシンググレートのメッセンジャーを務めるのが使命なのだと。

私も、サムシンググレートのメッセンジャーとして使命を与えられているとしたら、こんなに嬉しいことはありません。私という存在がメッセンジャーだとしたら、いま苦しみの中にいて希望を求めている方と、そしてそんな方たちに希望を持ってほしいと望んでいるサムシンググレートの両方から、私は必要とされ、お役に立っていることになります。そう考えると、これまで以上に喜びと充実感が湧いてきます。より深い感謝の気持ちが浮き上がってくるのです。その喜びを感じながら、私は何度も「ありがとう」「ありがとう」と感謝の気持ちを伝えました。感謝せずにはいられないのです。ありがとうを伝えたくて伝えたくてしようがないのです。

サムシンググレートが織る織物の私の糸に、あの日、八回本を読んだというあの男性の一本の糸が織り合わさりました。あの男性にとって、私の本との出会いが運命を変えた出来事だったとすれば、この出会いは特別なものです。お互いに「大きな感動」という影響をシェアし合い、今後の人生をより感動的で素敵なものにしていけるに違いありません。

サムシンググレートが用意してくれた出会いはいつも心に余韻を残しながら、その後の人生に影響を与えていくのだと思います。たくさんの感動の出会いを通して、私の糸は輝きを増していき、今後の人生の織物は光輝くものになっていくことでしょう。今後私と関わり合っていくであろう横糸の存在達もまた同じように光を帯びていくでしょう。影響を与え合うワクワクする出会いが待っています。そうして完璧なデザインとして織り上がっていくのです。誰一人として価値のない人などいません。誰一人、何一つ、必要のないものなどありません。すべて織物の一部。すべてが織り込まれているから完璧なのです。

親子の愛の循環

これまでに、優に千人以上の方が私の話を聞きにいらっしゃいました。

頑張りすぎてしまう人、誰かをどうしても許すことができない人、一人ぽっちの寂しい人、悲しみに打ちひしがれた人。話をお聞きしていると、心の痛みとしてそういうものが伝わってきます。

最初のうちはその感情に共感しつつ、お話を聞いていました。経験者の一人として、目の前の方の気持ちを誰よりも理解することができると思っています。ですから、今の苦しい状況が少しでも楽になるよう、丁寧に話を聞き、苦しい状況を脱する方法などをアドバイスしてきました。そうすることで、不安な気持ちから少しでも解放されて、良い気分でいられるようになってほしい。その「良い気分」が遺伝子のスイッチをオンにするために有効なのだと思います。けれどその奥の奥に、もっと大切な本当の姿が隠れているように感じるようになりました。

宇宙空間から地球を見下ろしているとき、人間は光り輝く宝石のようでした。一つ一つが光り輝いていました。どの魂も生きる喜びに満ちていて、キラキラ輝いています。周りの大自然の優しい光に包まれて、幸せそうに見えています。ところが宇宙空間からこの地球に戻ってみると、人々は疲れ、病み、悩み、不安や恐怖を抱えていました。

どうやら肉体を持つ人間は、肉体以外にその時々の感情もその身にまとっていて、キラキラ光る魂そのものを隠してしまっているように思います。

それに気付いた私は、身にまとっている感情ではなく、その奥の奥でキラキラと光っている魂と会話するようにしました。遺伝子が喜ぶ生き方をすることによって、どうやら宇宙とつながるパイプを以前より太く強固なものにすることができたようだからです。私は、宇宙を介して相手の魂とコミュニケーションを取り、その魂が何を経験しようとしているのか、何に気付こうとしているのか、そこを見るようにしたのです。

ガンを患い、憔悴して落ち込んだ方でも、魂はキラキラ輝いています。魂はその方がいま必要な経験をしてほしいと願っています。自分を生きることはどういうことなのか、そこに気付いてほしいと願っています。だから体を通してサインを送り続けているのだと思います。

二歳くらいの女の子を連れた、二十代の女性が訪ねてきました。

ガンを患っていて、転移ガンが脊髄のまわりに八つあるというのです。『遺伝子スイッチ・オンの奇跡』を読んで、お店を調べて来てくれました。何かアドバイスをくださいと言うのです。

まず、人はどれほどの確率を潜り抜けて生まれて来るのかということをお話しました。自分たちがどれほど「有難い」存在なのかをお話したのです。

「七十兆分の一の奇跡の確率でこの世に生を受けたことにまず感謝しましょう。あなたもそしてあなたの子どもさんも、七十兆分の一の奇跡の確率でこの世に生まれてきました。そんな確率を考えたとき、あなたのかわいい子どもさんと、どれほどの確率で母子として生まれることができたのでしょうね。あなたとあなたの子どもさんは深い絆でつながっています。

そんな気の遠くなる確率でこの世に生を受けた尊い存在である子どもさんは、あなたの許に生まれてきてくれました。あなたがこの世の中でただ一人の母親です。深く、強い絆です。

お子さんがお昼寝をするとき、夜寝るとき、どんなに忙しくてもあなたも一緒に横になり、お子さんの小さな手を握ってください。そして心の中で『まだ、あなたのお母さんでいさせてね』と言ってください。小さな体ですが、お子さんはお母さんであるあなたを全身で愛し、必要としています。純粋な、お母さんへの愛のエネルギーで満ちています。愛の光そのもののエネルギーを感じとってください。

お子さんに無償の愛を送り、そうして愛を循環させていると、お互いが愛のエネルギーで満たされて、いい気分でいられますよね。不安な気持ちをいったん神様に預けて、ただいい気分でいるようにしましょう。いい気分でいることがとても大切です。いい気分でいるとき、遺伝子のスイッチが入ります。

そのいい気分を作るのは自分です。誰であろうと、あなたの気分を左右することはできません。自分の不安やイライラは誰のせいでもありません。自分以外の人間に、自分の幸せの舵を任せるのではなく、いい気分は自分で作るんですよ」

とアドバイスしました。

その女性は幼い子どもを抱え、ガン宣告を受け、絶望の淵にいました。けれどその魂はとても幸せそうにお子さんと寄り添い合い、母と子のエネルギーはお互いの体を行ったり来たり循環していました。お子さんの純粋で無垢な真っ白いエネルギーがお母さんの体に流れ込み、活力をもらっているようでした。お子さんはまだ言葉ではその大きな愛を表現することはできません。しかしその魂はしっかりお母さんを支え、お母さんの命を守っているように感じました。お母さんを助けるために生まれてきたのかもしれません。二人は互いに学び合い、愛し合い、助け合って魂を磨いていくのでしょう。お母さんの魂は、

「母親として、子どもに無償の愛を注ぐという尊い経験をしたい。母親としての喜びを精一杯感じたい」

そう言っているように見えました。私は、母としての優しさ、強さを感じてほしいと思って、いい気分でいるようにとアドバイスしたのです。

一ヵ月ほど経ったある日のことです。その女性から電話がありました。彼女は電話口で泣いています。どうしたのですかと尋ねると、

「ガンの転移を調べるために、骨シンチグラフィーという検査をしました。そうしたら、八つあった骨への転移ガンが、すべて消えていたのです。すべて、なくなっていたのです！」という答えです。

「毎日、子どもの手を握って寝ました。まだまだ、私をお母さんでいさせてねと、子どものキラキラ光るエネルギーに向けて話しかけました。そして一瞬一瞬をいい気分でいるように努力しました。房美さんのおっしゃったとおりですね。七十兆分の一の奇跡の存在である私に叶わないことなどありませんでした！　本当にありがとうございます。

房美さんから頂いたアドバイスの中で、『いい気分は自分で作るんですよ。あなたのいい気分はほかの誰かが作ってくれるわけではありません。人のせいにしないで、いい気分は自分で作りなさい』と言われたことが頭から離れませんでした。

私は今まで、いい気分でいられないことを誰かのせいにしていました。いい気分でいられるかどうかは、私が決めていいんだということに気が付きました。私が幸せでなければ、この子も幸せではありません。私はこの子のためにもいつもいい気分でいようと思いまし

た。そうしていたら、脊髄にあった八つのガンがすべて消えていたのです」

この奇跡も彼女が起こしたものです。私はただ彼女の遺伝子が目覚めるお手伝いをしただけにすぎません。彼女の遺伝子を目覚めさせたのは彼女自身です。人は誰でもその気になれば、自分の遺伝子のスイッチを入れることができます。

その電話を受け取ったとき、彼女を連れてきてくれた友達が偶然うちのお店でカレーを食べていました。その電話を受け、友達と私は電話口で彼女に聞こえるように、何度も「ばんさい！」を繰り返したのです。

私のグレートさん

関西にお住まいのTさんとご縁をいただいたのは平成二十六年十一月でした。本の出版前ですが、私のことを伝え聞き、電話をかけてこられたのです。やはりガンを患っていて「余命半年」と告げられていました。

その二ヵ月後、やっとお会いすることができました。笑顔が素敵。はつらつとしていて、病気とは思えません。私の話を聞いて感動したというTさんは、それ以降毎日、自分の細胞と遺伝子に「ありがとう」を言いはじめました。すべてに感謝する毎日に自分を変えたそうです。時折電話で、

「こうして生かされているのですね、明るく前向きでいられます、感謝の日々です」

と話してくださいます。

私の話を聞いて、すぐに「ありがとう」の生き方を実践なさるTさんの素直な心に、私も感動していました。とてもピュアな方です。

Tさんはサムシンググレートのことを「私のグレートさん」と呼んでいました。そう呼ぶと、まるで友達のように身近に感じられるのだそうです。小さなことにも、「私のグレートさん。ありがとうね」と軽やかに言えるそうです。

それを聞いて、Tさんのまるで子どものような無邪気さを感じました。確かに「偉大なる存在」だとか「サムシンググレート」と聞くと、手の届かない遠い存在のように感じられます。自分たちとは関係のないところにいると感じてしまうのでしょう。「私のグレートさん」と呼ぶことで、身近に感じ、いつでもそばにいてくれる友達のように感じることができるのだと思います。だから気軽に「ありがとうね」と言えるのでしょう。

「あー。これ美味しい。グレートさんありがとうね」

「いいお天気。グレートさんありがとうね」

仙人のような偉い老人を見て、無邪気な子どもが「おじちゃん」と呼ぶ。そんなふうに想像できます。微笑ましく、なんだか心がほんわかします。おじちゃんも目を細めて、無邪気な子どもに笑いかけてくれることでしょう。


そんなTさんですが、しばらくして、小さなか細い声で電話してきました。

「私はもうだめかもしれない……」。そう言って泣いています。

その声を聞いて、私の胸は張り裂けそうになりました。これまで一言も弱音を吐かずに頑張ってきたTさんです。涙を見せたこともありません。Tさんのあの顔が浮かびました。

Tさん、元気を出して！　私はTさんの消え入りそうな声に向かってこう返しました。

「Tさん。大丈夫。大丈夫だからね。自分に1000回『大丈夫』って言ってください」

自分でもびっくりしていました。どうしてそう言ったのかわかりません。Tさんの声は力なく、やっとの思いでしゃべっているような状態です。声を出しづらくなっているようです。私は自分でそう言っておきながら戸惑っているのですが、でも「大丈夫」と声に出して言ってほしかったのです。どうにか元気になってもらいたい。

「どうか、言ってみてください」と繰り返しお願いしました。

Tさんは「わかった。言ってみる」と約束してくれました。力のない声でしたが、今回も私の話を素直に受け入れて、1000回「大丈夫」と言う、と約束してくれました。


五日後の午前中、Tさんから電話がありました。声を聞いた瞬間、心底ほっとしました。Tさんの声ははつらつとした声に戻っています。以前の明るく大きな声で、Tさんは、

「私、がんばって『大丈夫』って言いましたよ。そしたら元気が出てきたの！」

五日前の、あのか細い声の人とは思えないほど、元気ではきはき話をしています。それ以来、Tさんは前にもまして「ありがとう」の生き方、遺伝子が喜ぶ生き方をするように変身しました。


ピュアな心は、私の言葉を素直に受け入れてくれたのです。百パーセント信頼して、「Tさん、元気になって！」という気持ちを受け取ってくれたのです。

あのときとっさに「『大丈夫』を1000回言って」と伝えた自分に驚いていますが、どうやら「大丈夫」という言葉にもパワーがあるように感じています。誰かに大丈夫よと

言ってもらえると、ホッとするものです。自分自身に向かって「大丈夫よ」と言うのは、「ありがとう」と同じような効果があると考えても不思議ではありません。とりわけ大きな不安を感じているときは、大丈夫になるような遺伝子がスイッチ・オンするのかもしれません。

しばらくして、Tさんからさらに嬉しい知らせが届きました。なんと、ガン細胞がなくなっているというのです！

Tさんの体は、「ありがとう」と感謝され、いい気分になり、その上「大丈夫」と励まされて、見る見る元気になっていったのでしょう。先にも書きましたが、「大丈夫」という言葉の中にも「希望」があります。「希望」を感じることが、遺伝子のスイッチを入れるのにとても大切なのだと改めて感じます。

遺伝子は、私たちの発する言葉を聞いて状況を理解しているのではないでしょうか。遺伝子には意思があり、ちゃんとそれを聞き、理解して、どうするかを考え、指示するのかもしれません。だから体が元気になっていくのです。自分の細胞と遺伝子にいつもポジティブな言葉をかける。すると九五パーセントの眠っている遺伝子が起きだして、さらに可能性を広げてくれるのではないでしょうか。そう考えられる出来事でした。

「ありがとう。大丈夫。愛してる」

Mさんは、名古屋からやってきました。やはりガンを患っていて、これまで抗ガン剤などの治療をしてきたそうです。

お目にかかったときは気分が良さそうに過ごしていたようですが、それから二ヵ月ほどしたある日、電話があり、尿が出なくなり、入院をしたというのです。

とても辛い状態で、ずっと寝たきりで、動くこともできないと言います。なんとか元気になってもらいたいと、関西のTさんの話をお伝えしました。

「自分に『大丈夫』って1000回言ったら、とても元気になった方がいます。Mさんも『大丈夫』って自分に言ってみてください」。そう励ましました。

次の日、Mさんからメールで写真が送られてきました。色紙に大きく、「ありがとう。大丈夫。愛してる」。そう書いてあります。自分自身へのメッセージです。それを病室の一番目立つところに貼ったとあります。Mさんは病室でその色紙を見ては、自分へのメッセージを心に刻んだと言います。

それからさらに二ヵ月ほどたったある日、Mさんから電話がかかってきました。

「房美さん。壁にかけてある色紙を見て、あれからずっと自分を励まし続けました。二週間ほどした頃、自力で尿が出はじめたのです。自分の力で尿が出せることが、これほど嬉しくありがたいことなのですね。これまで当たり前にできていたことができなくなって初めて、その尊さに気が付きました」

自力で尿を出せるようになったMさんは、トイレに行くたびに、嬉しくて、ありがたくて、トイレにも感謝の気持ちが湧いたそうです。用を済ませるたびにトイレ掃除をするようになりました。感謝の表われです。きれいにお掃除したいと思ったそうです。誰が使うかわからない病院のトイレを、Mさんは丁寧にとことん掃除するようになったそうです。トイレは、いつだって誰かのお役に立っているもの。そう思うと、トイレにさらに感謝の念が湧き、今日このトイレで用を足した人に向かってさえも、「尿が出て良かったですね」と祝福する気持ちになりました。他の患者さんの健康までを祝福し、精一杯の感謝の心を込めてトイレを磨いたと言います。

ほとんど寝たきりだったMさんが、毎日せっせとトイレを掃除するようになりました。周りはみんな驚いたことでしょう。「ありがとう」の言葉とともにトイレを掃除していた

Mさんは、掃除している間中、気分が良く、とても心地良かったのでしょう。「掃除しなければいけない」という義務からではなく、感謝の気持ちで掃除したくなったのですから、これは大きな違いです。

トイレ掃除から約一ヵ月後のことです。Mさんは自分の変化に気付きました。なぜかとても気分がいいのです。トイレをきれいにした達成感からなのか、他の患者さんが尿を出せたことを自分のことのように嬉しく思う気持ちからなのか、とにかく気分がいいのです。検査をすると、なんと、ガンがすべてきれいに消えていたというのです。

純度を増す「ありがたい気持ち」

ガンになった私が自分の体の六十兆個の細胞と遺伝子に「ありがとう」を言おうと思い立ったのは、奇跡の存在である私を、これまで支えてくれたお礼を言いたかったからです。感謝のその気持ちには、見返りを求める気持ちなど微塵もありません。ただ心からの感謝を伝えたい。それだけでした。「ありがとう」の気持ちをどうか受け取ってください、という思いです。

Mさんは自分自身に向けて「ありがとう。大丈夫。愛してる」という言葉を送りました。自分にしっかりとそのメッセージを受け取ってほしかったのです。

体はそのメッセージを受け取り、やがて自力で尿を出せるようになりました。するとさらに感謝の気持ちが湧いてきて、トイレにまで「ありがとう」の気持ちを送りました。そこには純粋に「どうか、受け取ってください」という感情があるだけでした。

抜け落ちた髪の毛一本一本を拾い集めて、「ありがとうね」とお礼を言っていたとき、私が発した「ありがとう」は「ありがたい気持ち」となって、私の心に雪のように積もりました。言えば言うほど「ありがたい気持ち」は降って来て、積もり積もってあふれました。

その純粋な気持ちは、宇宙の自然な流れに乗り、巡り巡って再び帰ってくるのだと思います。髪の毛の一本一本に伝えた「ありがとう」は、宇宙の美しい流れに乗って私のところに再び帰ってきました。それが私の心を満たし、あふれたのです。帰ってきた「ありがたい気持ち」はさらに純度を増し、宇宙のエネルギーを一杯含んでいました。

Mさんは感謝の気持ちからトイレ掃除をしました。するとその「ありがたい気持ち」は、宇宙の美しい流れに乗って、再びMさんに帰ってきました。「ありがたい気持ち」は、いつしかMさんの心に降り積もり、心一杯になって入りきれなくなり、あふれたのです。それが、トイレを使う他の患者さんをもいい気分にしたのではないでしょうか。その「ありがたい気持ち」の中で、Mさんのガンに冒された体もいつの間にか健康な状態に戻っていたのだと思います。

「ありがとう」は宇宙の流れに乗り、宇宙のエネルギーを一杯含んで再び帰ってきたのです。そういう循環の中で、純度を増していくのだと思います。ですからそのあふれるほどの「ありがたい気持ち」の中に身を置くことで、体は宇宙の完璧なハーモニーと調和するしかなくなるのです。

「ありがとう　言って言われて、いい気持ち」

本当に嬉しいと思って、自分で遺伝子のスイッチをオンにし、日に日に元気になっているという方のお話を聞きました。

宮崎県にお住まいのNさん（七十一歳男性）からお手紙をいただいたのは、平成二十八年十月でした。七枚の便せんにはぎっしりと文字が埋まり、「突然のお手紙をお許しください。思い切ってペンをとりました」で始まる文面には、病状や胸の内がびっしりと綴ってありました。

最初のガン発病から約五年間の経過。さらに入院、手術を繰り返してきたこと。その間の心の葛藤。

そんな中、高校のときの同級生から『遺伝子スイッチ・オンの奇跡』をいただいたそうです。そのときは読んでみようという気持ちにはなれず、しばらく棚に置いていたそうです。あるとき、何かの拍子にその本を引っ張り出しました。なんとなく読みはじめたそうです。

「読書もあまりしない私が夢中で読み切ってしまいました。そしてもしかすると、自分も元気になれるかもわからないと思い、体にありがとうを言い始めました。でも本当に心を込めて『ありがとう』と言えているのかどうか、どうにも確信が持てません。そこで何度も何度も本を読み返してみました。そしてそのとき気が付いて、この本をくれた同級生のH君に、大変遅くなったけれど、本を届けてくれたお礼を言わなければと彼の家に行くことにしました（中略）。

H君の家に行くと、H君は私を見て『どしたっね。ま、上がんない』と言われました。

病気のことから、本のこと、『いてもたってもいられなくなって、H君、お礼を言いに来ました。遅くなってごめんね』とお詫びを言い、それから二時間ほど話して帰りました。気持ちが落ち着いているのを感じました」

最初、心を込めて自分の体に「ありがとう」を言おうと思っても、どこか抽象的でぼんやりして、本当に心を込めて言っているのかどうか自信がないというNさんの気持ちがよくわかります。Nさんは気持ちを切り替えて、本当にありがとうと言いたいところを見つけ、H君に心からのありがとうを言いに行きました。Nさんが『遺伝子スイッチ・オンの奇跡』の本を読み、素直にメッセージを受け取り、すぐに実行に移した——そこが素晴らしいと私は感動していました。手紙の最後にこうありました。

「この手紙を書くことができただけでも、生きようとしている自分がいると信じることができます」

文面から思うに、Nさんはどれほどの絶望を味わってきたのでしょう。気持ちが負けないように、折れそうになる心を奮い立たせてきたのが感じられます。Nさんは勇気を振り絞って手紙を書いてくださったに違いありません。

後日、Nさんは奥様と一緒にロータスにいらっしゃいました。初めてお会いするNさんは少し緊張している様子でした。それでも、ロータスのカレーを食べ、だんだんリラックスし、少しずつご自分のお気持ちを話しはじめました。

夜、目が覚めて一人暗闇の中にいると、不安で眠れなくなるそうです。私もまったく同じ経験をしています。たとえ隣に誰かが寝ていても、目の前の暗闇が孤独を感じさせ、この先自分はどうなるのだろうと考えると、不安でしょうがなくなります。私はNさんの気持ちにできるだけ寄り添いました。ぽつぽつと自分の気持ちを語るNさんに、私は自分が体験して気付いたことや、この本を読んで元気になった方たちの話をしました。

「遺伝子のスイッチを入れて、元気になりましょう」

「自分で作った病気なら、自分で治すことができます。一日一日を遺伝子が喜ぶ生活をしてください」

と伝えました。

Nさんは熱心に話を聞いていましたが、見る見る顔に赤みが差してくるのがわかりました。何かがNさんの心に点灯したようです。笑顔が増え、最後にはっきりと、「元気になります」とおっしゃいました。
多くの方と会話してきましたが、話を終えたときに、「なんとかがんばってみます」と言う方もいれば、Nさんのように、話をしている間にすでに遺伝子のスイッチが入る方もいます。それぞれのペースがあるでしょう。あとで気が付き、そこからスイッチを入れる方もいますので、どちらがいいというわけではありません。Nさんはとても素早く気持ちを入れ替えたようです。帰りには明るい表情になっていました。

Nさんは、帰りの車の中で私の話を思い出し、自分は七十兆分の一の奇跡でこの世に生まれてきたのだと、改めて思い、そこから突然お父様の存在を思い出したそうです。彼は父親と会ったことがありません。Nさんが生まれる前に出征し、遠い異国の地で亡くなっていました。しかし、父がいたからこそ今の自分がいるのではないか――。それに気が付くと、涙が止まらなくなった。車の中で泣きながら、お父様に心からの感謝の言葉を伝えたそうです。

こうしてNさんとの交流が始まり、私は宮崎のNさんのお宅に伺ったこともあります。

Nさんは前よりも一層元気になって奥様と出迎えてくださいました。

Nさんはロータスに私を訪ねた後、日常のことを書くようになった。それが日記のようになった。それを読み返してみると、なんだか元気になっているようだ――そんな変化を話してくれました。日記を拝見しました。Nさんの了解を得て一部をご紹介させていただきます。

十一月三日
太刀魚《たちうお》を釣りに出かけた。釣れたら工藤さんにお土産をと、とらぬ狸の皮算用をしながら開始したら、なんと釣れたではないか！（笑）良かった。良かった。すぐ帰り、荷造りして○○急便へGO！

工藤さんから「美味しかったです。ありがとうございました」とお電話をいただいた。

「こちらこそ、ありがとうございます。またお伺いさせていただきます」と返事をした。

（ありがとう、言って言われて、いい気持ち）

ちなみにこれはある落語家の言葉。パクりました。ごめんさない。

十一月二十五日
工藤さんのお店にお昼を頂きに行く。
先日の太刀魚、ゴトムさんが塩焼きにしたそうだ。初めてだったとか。
工藤さんから「元気になられましたね。嬉しいです」と。
たまらなく嬉しかった。
あのとき行って良かったとつくづく思った。

十一月二十九日
スミイカ釣り。今度はうまくいくかなと自問自答しながら。

（神様、今日も七十兆分の一の奇跡で宇宙に地球に、そして大自然に生かされています。ありがとうございます）。船を操縦しながら、朝日を正面に見て（すごく眩しい）前が見えないほどでっかい太陽。

釣り場に到着。な、なんと、第一投目からスミイカ、ゲット。幸先いいよ。

いいことしようとすると、天も助けてくれるのですね。

釣り行きができる体を支えてくれる細胞と今日の釣果。10でした。
明日送りますと工藤さんに約束。半分こ！

Nさんの楽しそうな感情が伝わってきます。Nさんは私と約束したとおり、遺伝子が喜ぶ生活をしているのです。充実した毎日を送っているのです。

奥様は、
「最初にロータスに行ったとき、実は本当に久しぶりにお父さんの笑顔を見ました。それまでは暗い表情をしていたと思います。前は、面と向かってありがとうなどと言う人じゃなかったのですよ。今では少しのことでも、私にありがとうと言ってくれます」とおっしゃいました。

神様の答えはいつも「イエス」

何かの本で読んだことがあります。
「神様（サムシンググレート）の答えはいつも『イエス』」だそうです。

例えば、神様に「私は幸せです！　ありがとうございます」と言うと、神様は「イエス、はい、そうです」と答えられます。同じように「神様、私はなんて不幸なのでしょう」と言っても、「はい、そうです」と答えられます。

「幸せです」と言うと「はい、そうです（あなたは幸せです）」と返ってくるし、「不幸です」と言うと「はい、そうです（あなたは不幸です）」と返ってくる。

実は神様はとてもシンプルでわかりやすく、私たちに答えてくださっているのです。

そうなら、

「私は幸せです！」「はいそうです。あなたは幸せです」

「私の願いはかなっています！」「はいそうです。あなたの願いはかないます」

「私は必ず成功します」「はいそうです。あなたは必ず成功します」

と、早々と神様に宣言したらどうでしょう。何を宣言しても神様は「イエス」しかおっしゃらないのなら、選択は二者択一。

あなたはどうしたいですか？　どうなりたいですか？

したいことを宣言する。なりたいものになったと宣言する。とてもシンプルです。

不安になったら、神様にこう宣言しましょう。

「神様、私は大丈夫です」

「はい、そうです。あなたは大丈夫です！」

心強い応援団――村上和雄先生

村上和雄先生は私の命の恩人で、師匠です。私がいま生きていられるのは、村上和雄先生のおかげです。ガンと告げられ、その病床で先生のあの本に出会っていなければ、どうなっていたことでしょう。遺伝子の存在など知ることもなく、自分が七十兆分の一の奇跡の存在であることも知らないまま、とっくの昔にこの世からいなくなっていたでしょう。

先生のご本と出会った後も、先生のご本を読むようになり、そこからたくさんの気付きをいただきました。

村上先生は私のことを「同志」と呼んでくださいます。「遺伝子をスイッチオンすると良いことが起こる」という先生の持論の実験をしてくれる仲間、という理由です。そうおっしゃっていただくたびに恐縮してしまうのです。けれど、先生の『生命の暗号』を読んで、遺伝子のスイッチをオンにするという発想をいただき、それをほんの少し実証したの

『月刊致知』主催の村上先生との対談の折に。

ですから、その分ちょっぴり自負するものがあります。

私も村上先生にお会いするたびに、ますます遺伝子のスイッチが入っていることを実感しています。先生の笑顔にお会いできると、とても嬉しく、私の細胞と遺伝子が元気になるからです。

致知出版というところから電話がありました。村上和雄先生のお許らいで、村上先生が毎月連載されている『月刊致知』の「生命のメッセージ」のコーナーに、村上先生の対談ゲストとして取材させてくださいとのご依頼でした。

最初、お断りしました。私なんかがと

んでもない、村上和雄先生と対談なんて畏れ多くてとてもできない。筑波大学名誉教授と普通の主婦との対談なんて、想像できなかったからです。

二度目の依頼を受けたとき、この対談は村上先生が望んでおられることだと伺いました。先生がどうしてもとおっしゃってくださったのです。お受けすれば、また村上先生にお会いできます。気負わずに私は自分の体験をそのままお話しするしかないと腹をくくりました。ご依頼をお受けすることになったのです。

致知出版に到着し、村上先生のお顔を見たら、それまでの緊張が嘘のようにどこかへ消えてなくなっていました。先生はいつもの笑顔で出迎えてくださって、私は最後までリラックスしてお話させていただくことができました。

十年前、ガンを克服した私はどうしても村上先生にお礼を言いたくて、長々と手紙を書いて送りました。『遺伝子スイッチ・オンの奇跡』の本も読んでいただきました。ですから私がどんな体験をしてきたのか誰よりもご存知なのですが、この対談で私の話に再度驚き、感心し、熱心に耳を傾けてくださいました。

「僕の考えが、工藤さんのおかげで実例として出てきたのは非常にありがたく、そして嬉しいことです」「工藤さんは、サムシンググレートのメッセンジャーだと思っています」とおっしゃってくださったのです。

村上先生ほど熱心にサムシンググレートのメッセンジャーとして活躍されていらっしゃる方を、私はほかに知りません。その先生から私もサムシンググレートのメッセンジャーとして太鼓判を押していただきました。村上先生の研究の実証をするという形で、村上先生にもサムシンググレートにも喜んでもらえるとしたら、こんなに嬉しいことはありません。

対談の最後、村上先生は、「一人でも多くのガン患者さんに工藤さんの貴重な体験を伝えていってください」とおっしゃいました。

「わかりました。『ありがとう』と感謝することと、村上和雄先生のお話しかできませんけど、それだけで、たくさんの方に希望を持っていただいています。村上先生がこうして応援してくださっているのですから、安心して、遺伝子のスイッチをオンにするお話をさせていただこうと思います」

とお伝えしました。

村上和雄先生は、私の応援団長です。背中を押していただき、私はさらに自信をもって

「希望」をお伝えできるように動いていこうと改めて決意しました。

末永道彦先生

『遺伝子スイッチ・オンの奇跡』が出版されてから二ヵ月ほど経ったある日、ロータスに電話がかかってきました。

「本を読ませていただき、住所を調べて連絡させていただきました」と前置きのあと、その方は落ち着いた声でこう自己紹介なさいました。

「金光教苓北《れいほく》教会、末永道彦と申します」

これが、末永道彦先生との出会いでした。

末永先生は、熊本県天草郡の金光教苓北教会の教会長で、『遺伝子スイッチ・オンの奇跡』の本との不思議なご縁について、電話でお話してくださいました。

末永先生はこの本のことを、シカゴからのお手紙で知ったそうです。本を読んだ東京の教会のある先生が、その感想をフェイスブックで紹介し、それを読んだ南サンフランシスコ教会の先生が金光教のニュースレターに書き、それが回り回って末永先生のもとに届いたというのです。

　末永先生はすぐにその記事を読み、興味を持ち、私の住所を調べました。偶然にも同じ熊本県内だということを知り、すぐ電話をくださいました。そして日曜日、末永先生がロータスを訪ねてきてくださったのです。お声の穏やかな雰囲気どおりのとても素敵な方でした。

　末永先生は、『遺伝子スイッチ・オンの奇跡』の本を読み、とても感動しました、教会で話をしてくださいませんかとおっしゃるのです。

　もちろん私はその場で快く了承しました。正直言って、金光教という宗教のことはあまりよく知りませんでした。しかし、末永先生の実直、前向きで、真摯《しんし》なお人柄に、私は心を打たれていました。圧倒的な安心感とすべてを包み込んで下さるような深いお心。そんな雰囲気が感じられて、もっとお話しさせていただきたいと思ったのです。

　講演会当日の朝、末永先生が迎えに来てくださるというので、支度をして待っていました。朝から激しい雨が降っています。天気予報は、今日は一日台風のような雨が降り続くでしょうと報じていました。

　末永先生は約束の時間きっかりにロータスの駐車場に入ってこられました。同時に嘘のように雨が上がり、日が差してきたのです。末永先生は、「今日も神様がついてきてくださっていますね。ここに来たらこんなにきれいに雨が上がりました」とにこやかな表情です。

「ばんざーい！　人間に生まれてきて良かった！」

久留米の金光教合楽《あいらく》教会の講演会場に通され、大きな垂れ幕に目をやると、そこには大きくこう書いてありました。

確か事前の打ち合わせでは、演題は「遺伝子スイッチ・オンの奇跡『ありがとう』を十万回唱えたら、ガンが消えました！」という、本のタイトルそのままだったはずです。

控室に案内され、そこで講演会の代表の方が待っていてくださいました。代表の方は最初にこうおっしゃるのです。

「先ほど急に思いついて、急いで演題を書き換えました。勝手なことをいたしまして申し訳ありません」

せっかく事前に準備していた大きな演題幕を、急に書き換えたとおっしゃるのです。

金光教岡山乙島での講演会を終え、花束と色紙を受ける。

「この本の中で、村上和雄先生のご本を読んで感動した工藤さんが、一人病院のベッドの上で、『ばんざーい！　人間に生まれてきて良かった！』と大声で叫んだというところ。あの部分こそ、私が感動した部分でした。今日、この講演会に来ていただいた方々に、工藤さんの体験談を聞いて『人間に生まれてきて本当によかった』と、そう思っていただきたいと思いました。まさにあの言葉こそ、今日の講演の演題にピッタリだと思ったのです」

代表の方は、私の言葉そのままを演題にしてくださったのです。

私はその思いが嬉しくてなりませんでした。演題は、今日の講演会にぴったりだと思いました。代表の方の熱い思いが込められています。これこそまさに代表の方からのメッセージだと思いました。希望を持っていただきたい一心でお話させていただいている私と、代表の方の熱い思いが合わさり、メッセージはより深く皆さんの心に響くことでしょう。このような講演の機会を与えてくださっている方もまた、サムシンググレートのメッセンジャーに他ならないと思います。

まず合楽教会の神前でご挨拶し、それから講演会が始まりました。皆さん、熱心に私の話を聞いてくださっています。会場の方々の学ぼうとする姿勢とその真剣さが迫ってきました。私の言葉の一つ一つを受け止めている皆様からのまっすぐな心に、私も心地良くお話しさせていただきました。講演会が終わってからの移動の際も、皆さんから口々に歓迎の言葉をかけていただきました。講演を聞いてくださった方々との確かな、美しい「循環」を感じた講演会でした。

講演会が終わり、末永先生に車で送っていただく道中、金光教の教えについてお話を伺っていました。見ると空には大きな虹がかかっています。見事な虹でした。色それぞれのコントラストがはっきりしていて、どこも欠けることなく完璧なアーチを見せています。

「今日は最後の最後まで、神様がご一緒してくださっていますね」。末永先生の言葉に、私は感動していました。大いなる存在を近くに感じることのできた一日でした。

末永先生とのご縁のおかげで、その後も金光教の教会でお話する機会が増えました。金光教の教えの中に、「神も助かり人も立ち行く」という言葉があると聞きましたが、私の体験をお話することによって、サムシンググレートのメッセンジャーとしてお役に立てるとするならば、それはまさに神様の望むところであり、人も助かることなのではないかと思いました。

また、「神と人、人と人、人と万物が『あいよかけよ』でともに生きる」という言葉も末永先生から聞きました。「あいよかけよ」という言葉を調べると、金光教の御本部のある岡山県の方言で、その昔、籠屋《かごや》が籠を担いで走るときの掛け声として使われていた言葉だそうです。なんとなくその情景が目に浮かびます。そこにハーモニーがあります。私があの宇宙で感じた「美しい循環」のことなのではないかと思いました。

私はこれまで何の宗教にも属さず、宗教の勉強もしたことはなかったのですが、末永先生とお話させていただく中で、ガンになって気付いたことと共通する部分がたくさんあることに驚きました。

講演会の打ち合わせなどで、末永先生から頂くメールの最後には、必ず、「講演会の成功のおかげを頂くように御祈念させていただきます」とあります。日夜神様に手を合わせ、神様とお話されている末永先生が、神様に取次してくださると思うと、本当に心強くありがたく、心から安心していられます。末永先生は「祈り」のプロフェッショナルです。「祈り」で神様と私たち人間の取次をされていらっしゃる方です。いつも神様とともにいらっしゃる末永先生からあふれている優しくて力強いエネルギー、これが初めて末永先生にお会いしたときに感じた大きな安心感の本体だったのでしょう。

村上和雄先生は、「笑い」や「感動」、そして「祈り」が遺伝子にどのような影響を与えるかの研究もなさっています。

村上和雄先生の研究を描いた、映画『祈り～サムシンググレートとの対話～』（白鳥哲監督・制作・東京平和）は、最先端の科学の立場から「祈り」を解き明かしていくという内容です。

「祈り」が病を治癒させる。「祈り」が遺伝子をオンにする。それが現実的になった今、末永先生のような方に「祈るということ」の本当の姿を教えていただきたいと思います。

そうしてみんなで真の祈りをささげることで、いつかこの世界から争いは消え、貧困や飢餓もなくなる日が来るかもしれません。そんな日が来ることを願っています。

「真にありがたしと思う心、すぐにみかげのはじめなり」

この言葉も末永先生に教えていただきました。

私が唱えた「ありがとう」はこの十年でどれくらいになったことでしょう。

朝目覚めたことに「ありがとう」。お日様に「ありがとう」。水に、空気に「ありがとう」。家族に、ゴトムさんに「ありがとう」。毎日使っている歯ブラシに、玄関の石段に、駐車場の隅のたんぽぽに、そして目の前のあなたに「ありがとう」。朝目覚めて、夜眠りにつくまで、空を見上げたとき、風を感じたとき、心が喜ぶとき、目に映るものすべてに感謝を感じて、感情がほとばしるように、ありがたさに涙があふれてくるのです。「ありがとう」と言わずにはおれないのです。

私はめったにない貴重な体験を通して気付きをいただき、心からの感謝を「ありがとう」という言葉で表現してきました。七十兆分の一の奇跡の確率でこの世に生まれてきた私たちは、それだけでただ「有難い」のです。その「有難さ」に気付いたなら、目の前に立ちはだかる問題も、何かを気付かせようとするサインだということがわかるでしょう。

私はまだまだ未熟で、何か事が起こるとたまに後ろ向きになってしまうこともあります。しかし、問題と思っていたそのことさえも、意味のある「有難い」ことです。目の前の事柄からのギフトをもっともっと素直に受け取りたいと思います。一見、いやだなと思えるような事柄にも、「ありがとう」と言える自分でありたいと思っています。そしてそんな自分にも「ありがとう」と言いたいと思います。

講演会が多くなった

大きな舞台に立ち、皆さんに私の経験のお話をさせていただく日が来るなど、思ってもみないことでした。ガンになる以前の私が今の私を見たら、まあ、何と言うでしょう。ガンを克服してから十二年の年月が過ぎました。最初は人づてに講演の依頼を受けていましたが、本が出版されてからのこの一年で一気に活動の幅が広がりました。

熊本市内はもちろんのこと、九州各県、広島、神戸、大阪、名古屋、東京、横浜と、今日ではさらに範囲が広がっています。さらに秋田、そして北海道と、半年先まで講演スケジュールが決まってしまいました。これに驚いているのは、本人です。

最近では、中学校や高校などからも講演会に呼ばれるようになりました。今まさにガンを患い、命と向き合っていらっしゃる方々への講演とはまた違う反応が帰って来ます。

十代の若者は私の奇跡の体験をどう受け止めているのでしょうか。感想をいただいた中から紹介したいと思います。

高校一年生　女子

○みんな七十兆分の一の奇跡でこの世に生まれてきたのだから、それこそが奇跡である。だから「叶わない夢なんかない」というお話に、私も心から希望を持つことができました。

○毎日、辛いこと苦しいことはたくさんあるけど、私も七十兆分の一の奇跡で生まれてきたのなら、些細なことに気を取られずに一日一日を強く生きようと思いました。夢に向かって一生懸命生きようと思います。

○私の家系には糖尿病やガンの人が多く、私もその遺伝子を受け継いでいると言われ、怖いなと思っていました。けれど、そのことを恨んだり憎んだりせず、受け止めてありがとうと言おうと思うことができました。希望を持つことができました。

○毎日「ありがとう」とは言っているけれど、口癖みたいに言っていたと思います。これからは心を込めて「ありがとう」と言うようにしたいと思います。

高校一年生　男子

○健康に、普通に生活を送っている自分には、髪の毛一本一本にありがとうと言うなんて考えられないことだった。そう考えると、ふだん何気なく過ごしている毎日の中には感謝しなければいけないことがたくさんあるということがわかった。ありがとうと言えることを見つけようと思った。

高校二年生　女子

○七十兆分の一の奇跡の確率で私を生んでくれた両親に感謝で一杯です。

○すごい確率でこの世に生まれてきたのだから、辛いこと苦しいことがあっても決してあきらめてはいけないと思いました。

高校三年生　女子

○「生きている」のではなく「生かされている」という言葉が心に響きました。
○私はあまり感謝したことがありませんでした。「ありがとう」と言うだけでガンが治るなんてとても信じられませんでしたが、聞いているうちに「ありがとう」と言いたい人たちの顔が浮かんできました。
○日常を普通に送れることに感動・感謝することを知らないのは、寂しいことだったんだと思いました。今、辛いことがあってもそれが自分を成長させてくれていると思って、「ありがとう」という気持ちで乗り越えていきたいと思います。

高校生ともなれば「ガン」という病気がどういうものか知っていると思います。死に直面した私のリアルな話を聞いて、それぞれ命について考えたようでした。

その感想の中で一番多かったのは、「自分がガンになったとき、『ありがとう』と言える境地になれるだろうか」というものでした。ガンと宣告されただけで絶望してしまうかもしれないという感想もありました。けれど、自分が七十兆分の一の奇跡の存在であると知ったとき、感謝が湧いてきましたとあり、両親への感謝の言葉が綴ってありました。

村上和雄先生にお会いしたとき、わがままを言って一つお願いをしたことがあります。

それは、

「人は七十兆分の一の奇跡で生まれてくるというお話を、先生の講演会で毎回話してください」

ということでした。

自分がかけがえのない、尊い人間であると知ったら、誰もが自分の命を大切にするでしょう。そして自分で自分の命を絶とうという考えには至らなくなるだろうと思ったからです。その事実を知っていさえすれば、どんなに辛いこともあきらめずに乗り越えられると思いました。私自身がそうだったのです。先生のあのお話は私にとって希望そのものなのです。

私も講演会のたびに、お話させていただいています。特に十代の若者には、特別の思いを込めてそのことを伝えます。これからの時代を生きる子どもたちに、人生をワクワク楽しんでほしい、遺伝子のスイッチをオンにして、自分の可能性をどこまでも広げていってほしいと思っているからです。

これからの世代の若者が遺伝子をオンにする生き方を選択し、「宇宙とつながるパイプ」が太く頑丈なものになれば、皆が嬉々として生きる地球はもっと光り輝き、完璧なハーモニーと美しい循環の中で、自分たちは全体で一つなのだと思い出す時が来ると信じています。そこには調和しかなく、不調和は存在しないからです。

（第五章）

大地が揺れた

地震のとき

平成二十八年四月十四日、二一時二六分、熊本地方を震央とする大地震が起きました。この出来事も、私の人生にとってとても大きな意味のあることでした。

熊本空港のある益城町《ましきまち》では、気象庁震度階級では最も大きい震度7を観測しました。私たちのお店のある熊本市北区でも震度6でした。木曜日のその日、お店には三組のお客さまが食事をしていました。突然のことでした。いきなりの激しい揺れに、みな身動きできません。棚に置いてある食器が次々に落ちて、大きな音を立てて割れています。ゴトムさんと二人のコックさんは厨房にいて、やっとのことでガスの火を止めると、そばにあるシンクにつかまり、もたれかかるようにしてかろうじて立っていました。激しい揺れに誰一人動くことができません。どれくらい揺れていたのでしょう。かなり長い時間だったようです。

揺れがおさまり、やっとお客さまのところに行くと、皆さんテーブルの下に身を隠していました。幸いどなたもけがはありません。ゆっくりとテーブルの下から出てきます。表情が凍り付いています。停電にはなっていません。それぞれ携帯電話を取り出し家族に電話を始めました。私も息子たちに電話をしようと何度かかけましたが不通です。メールを打ち、返信を待ちました。ほどなくお客さまの携帯にメールがつながるようになり、私も息子たちと連絡を取れるようになりました。その間にも余震が続き、揺れるたびにテーブルの下に潜り込みました。

同じ熊本市内に住むいとこの藤岡照彦にもメールしました。地震の最中、子どもたちを連れてお風呂に入っていたそうです。子どもたちを必死に抱きしめて揺れがおさまるのを待っていたのですが、揺れが収まったとき、あまりの激しさにお風呂のお湯が四分の一ほどに減っていたというのです。お湯がほとんどこぼれ出たとは、どれほど激しい揺れだったのでしょう。

厨房では足の踏み場もなく食器の破片が散乱していました。ゴトムさんたちが破片をかき分けて厨房から出る道を作っています。彼らは年中裸足で生活しています。もちろんそのときも裸足で、やっとのことで厨房からお店に出てきました。言葉もなく、ただ凍り付いたような表情です。

お客さまもそれぞれ家族と連絡が取れ、無事を確認することができ、駐車場までお見送りをしに外へ出ました。店の前の道路は車が行き来しています。どうやら道路は大丈夫のようです。お客さまに「お気をつけてお帰りください」とお見送りし、店の中へ戻りました。

ゴトムさんは、店中を見て回り、散乱した食器類を片付けはじめました。何から手を付けていいやらわかりません。とりあえず私も片付けを始めました。

そうしている間にも余震は続きます。電気と水は来ているけれど、いつライフラインに影響が出るかわかりません。ゴトムさんに、できるだけたくさん水を貯めておくようにお願いしました。

実は、次の日の十五日から、東京に行く予定でした。

東京行きを指折り数えて待っていたのです。明後日、夢にまで見た村上和雄先生との講演会が行なわれることになっていたのです。いとこでアシード次女の木下供美と一緒に、明日夕方の便で行く予定にしていました。「アシード」とは私たちいとこの集まりの名称で、その名前の由来は「私たちいとこは、一つの種から芽を出し大きな樹木となったその枝々にたわわに実った果実である」という意味です。私たちいとこはお互いの結束が強く、仲がいいのです。

電話がつながるようになると、供美から電話がかかってきました。供美は宮崎県の日之影町という所に住んでいます。熊本県との県境に近いということで、やはり地震の揺れが激しく、慌てて私に電話したようですが、しばらく電話がつながらなかったというのです。

東京での講演会へ向けて、供美はいろいろと準備を進めてくれていました。この状況でもし私が東京に行けなくなるような事態になれば、来てくださるお客さま、そして、私が初めての東京での講演会を開くということを耳になさって、「それなら僕も一緒にやらせてくれないか?」と言ってくださった村上和雄先生に対して申し訳が立ちません。供美は、熊本空港から出発ができない事態に備え、福岡空港や大分空港へ移動できるように、朝一番で迎えに行くと言ってくれています。

余震が続く中、割れた食器を片付け、かき集めた容器に水を貯め、何かあったらすぐに外に出られるように、皆で一階のお店に布団を運んで休みました。二階はゴトムさんたちの住居になっているのですが、二階は揺れが大きく、とても怖くていられないのです。

朝になっても揺れは続いていました。一晩中余震を感じていたので、揺れていないときでもゆらゆらと地面が揺れているように感じられます。船酔いのような感覚になっていました。

ニュースでは、熊本空港のある益城町では震度7を観測したと伝えています。果たして熊本空港から東京に向けて飛び立つことができるのかどうか行ってみなければわからない状況です。インターネットで熊本空港の様子を調べてみようと検索しましたが、それもできません。

はたしてこの状況で、ゴトムさんたち三人のネパール人だけを残して東京に行っても大丈夫なのでしょうか。これまで私は二日とお店を留守にしたことはありません。どんなに長くても、必ず日帰りでした。ゴトムさんは日本での生活が長いとはいっても、お店以外で日本人と接することはほとんどなく、電話での応対や材料の仕入れなど、一人で十分とは言えません。この大変な状況の中、ネパール人の三人に、三日も留守を任せるのは初めてのことです。留守中のことがとても心配です。とはいえ彼らも私が東京で講演をすることを喜んでいます。彼らもまた、たくさんの人に私の話を聞いて希望を持ってもらいたいと思っているのです。心配する私に、「心配しないで行ってきてください」と激励してくれました。

東京へ

午前八時過ぎに熊本空港に着きました。土曜日の午前中ですが、人はまばらです。空港の中へ入ってびっくりしました。大きなモニュメントが倒壊しています。壊れたモニュメントの横に破片が片付けられた跡があります。いつもは賑わっているレストラン街はすべて閉店。それでもレストランのスタッフがお店の中で忙しそうです。うちのお店と同じように、食器が散乱してしまっているのでしょう。売店も閉まっています。私たちはすぐに搭乗手続カウンターへ行き、搭乗予定の便が通常どおり運行されるか聞きました。午前中の便はすべて欠航。午後からの便は未定だということですが、夕方の便についてはその時点では通常どおり運行ということでした。夕方まで熊本空港で待つことにしました。余震は続いています。時折激しく揺れるたびに空港内は騒然となります。

時間がただ過ぎていきます。午後になってもまだ飛行機の離発着はありません。少々焦ってきました。本当にこのまま熊本空港で待っていても大丈夫なのでしょうか。

そう思っていたときです。ぼんやり滑走路を眺めていると、慌ただしく滑走路を走っていく数名の人影に気が付きました。みんな一方向に走っていきます。その先を見やると、そこには一台のプロペラ機がいて、下の方から煙のようなものが出ています。供美と二人で何が起こっているのかしばらく見ていました。そのうち、小型プロペラ機がパンクしたために滑走路を一時閉鎖しますというアナウンスが流れました。

焦りはじめた矢先のアクシデントです。どっと力が抜けてしまいました。

「房美ねえちゃん。夜まで欠航が続いたら、しょうがないけん、陸路で東京まで行こっか。講演会は明日の午後からやけん、二十四時間はあるね。ぎりぎり間に合うかもしれんよ。二人で交代で運転して行こう」

やきもき落ち着かない様子だった供美が、あきらめ口調でそう言うので、なんだかおかしくなって二人で笑いました。もし滑走路閉鎖で飛行機が飛ばなかったら、それもサムシンググレートのお考えでしょう。焦らなくてもいい。サムシンググレートにお任せしていれば、明日の講演会の時間までには東京の会場に到着しているでしょう。すべてをお任せして、私たちはリラックスして人通りの少ない通路のベンチに腰かけ、久しぶりにゆっくり話をしました、考えたら、こんなに贅沢にたっぷり時間を使って何もしないでいたことはなかったと思います。サムシンググレートがひとときの休息タイムをプレゼントしてくれたのでしょう。

夕方、便が再開しました。私たちが乗るはずだった便は予定どおり運行となり、無事東京に着きました。後で聞くと、その直後の便からまた欠航だったそうです。その日、通常どおりに運行された便は私たちの便だけ。あとはほとんどが欠航で、その後の便はかなり遅れてのフライトだったそうです。結局、私たちはその日無事に予定どおり東京に旅立つことができました。

本震

東京に着いたのは夜九時前でした。空港には千葉に住む妹の田中尚美が迎えに来てくれています。尚美と会うのは何年ぶりでしょう。たまに電話で話はしていますが、こうして会うのは本当に久しぶり。三人一緒に千葉にある尚美の家に向かいました。今夜は二人の妹に囲まれて過ごせます。幸せです。ご飯を食べて、お風呂に入り、懐かしい思い出話をしながら、布団に入ったのは午前一時前。久しぶりに妹と会えた喜びと、明日は待ちに待った村上和雄先生との講演会だと思うと、まるで遠足の前日のようにワクワクしていました。

やっと眠りに落ちた頃です。私の携帯が静かな部屋に鳴り響きました。電話を取り上げ時間を見ると午前二時過ぎ。電話は福岡県久留米市に住むいとこの池田いづみからです。いづみは明日、熊本の藤岡照彦、鹿児島の工藤克文、大分の工藤慎剛らのいとこ四人で朝一番、熊本からの飛行機に乗り東京の講演会に来ることになっていました。電話に出ると、いづみの声は震えています。

「房美ねえちゃん。熊本がえらいことになった」

呼吸が浅くなり、鼓動が早くなるのを感じていました。

「さっき、また大きな地震があったとよ。昨日の地震とは比べものにならんくらい大きかったし、かなり長く揺れたと。私は久留米におったけど、久留米でも震度5だった。ニュース速報で地震の情報を報道しとるよ」

供美も尚美もただならぬ気配を察して、息を殺してこちらを見ています。私の表情から状況を把握した尚美がすぐにテレビのスイッチを入れました。戦々恐々とした様子のアナウンサーが津波注意報発令の文面を読み上げ、

「この地震で、熊本県益城町を中心に家屋が倒壊したなどといった110番通報が相次いているということです」と伝えています。さらに専門家が、「この地震は昨日の地震の余震活動ではなく、周辺に連鎖して誘発された地震で、昨日の地震よりもきわめて大きく、この地震がむしろ本震だと考えたほうがいい」と伝え、この本震に続き今後震度6程度の余震が起きることもあるため十分な警戒が必要だ、とも報道しています。

起こっていることが信じられません。私はこの夕方までそこにいたのです。電話をしてきたいづみも、熊本の照彦に何度も電話をして、ようやく連絡がつき無事を確認できたそうです。正確な情報をつかみたいのですが、情報が錯綜して、熊本市内やその周辺はどこにかけても電話は不通で、安否の確認のしようがないと言うのです。

ゴトムさんはどうしているでしょう。

ロータスはどうなっているでしょう。

いてもたってもいられません。一旦いづみからの電話を切り、私はゴトムさんに電話をかけました。「電話つながって！」。祈るような気持ちでコールがつながるのを待ちました。やはりつながりません。その後も何度もゴトムさんに電話しました。どうか、ゴトムさんたちみんなが無事でありますように。

久留米のいづみから再度電話がかかってきました。

「照彦は今、家族五人で近くの体育館の駐車場に避難しとるらしいよ。上から何が落ちて来るかわからんけん、体育館の建物の中には入れんとって、人が一杯駐車場に集まっとるらしい。ものすごく揺れたけん、余震も続きよるし、みんな怖くて家に入れんで外にいるとよ。着の身着のままの人もおるけど、照彦たちは毛布とか持ってきて、今夜はその駐車場で過ごすしかないらしいよ」と。

まだ四月。幼い子どもを抱えて、夜の公園には暖もなく、毛布をかぶっているくらいではとても寒いでしょう。ニュースはさらに詳しい被害の状況を伝えています。本当に大変なことになっています。

私はゴトムさんに電話をかけ続け、ようやく午前四時ごろゴトムさんに電話がつながりました。

ゴトムさんたち三人は近くの公園に避難していました。地震で着の身着のままお店を飛び出し、同じく通りに飛び出してきた人たちの後をついていったそうです。三人とも無事で元気そうでした。ロータスも今のところ無事のようです。ひとまずほっとしました。

ふと窓を見やると、空がうっすら明るくなって夜が明けようとしています。関東と九州では、明るくなる時間がずいぶん違います。まだ五時前だというのにうっすら明るくなった窓の外を見て、いま熊本の冷たい朝風が吹きすさぶ公園で、まだ明けない空の下、どれくらいの人が心細く夜明けを待っているのだろう。常連のお客さまの顔も目に浮かびます。どうしていらっしゃるだろう。

人生にはこんなふうに、心がざわつく朝を迎えることもあります。今日この日は、私が夢にまで見た村上和雄先生と一緒に講演会の壇上に立つことができる日です。私にとって人生で特別の日なのです。

すっかり夜が明けていました。昨夜はほとんど眠っていません。今日は村上和雄先生とお会いできるのです。そのことだけに集中しようと考えていました。

ニュースでは、夜が明けて明るくなった熊本の上空から撮影された映像が映し出されていました。アナウンスは「明るくなり、被害の状況が次々に明らかになってきました」と伝えています。

一八〇〇年代に建てられたと言われる阿蘇神社は、重要文化財の楼門や拝殿がぐしゃりとオモチャのようにつぶれています。美しかった熊本城は、屋根瓦が飛び散り、原型をとどめておらず、石垣は大きく削られ、やっと残った石垣がお城を支えています。

昨日の朝、供美が私を迎えに来るときに通ってきた、通称立野《たての》の赤橋《あかばし》、南阿蘇村の阿蘇大橋がすっかりなくなっています。国道57号線が数百メートルにわたって山肌とともに崩れ落ち、橋もろとも谷底になだれ込んでいます。

見慣れた風景が、無残な姿になっています。村上和雄先生と共演できる私の人生で一番の晴れの日に、私の住む町は見るも無残な姿に変わってしまいました。私のお店がどうなっているのか、ゴトムさんたちはこんな状況の中どうしているのかよくわかりません。どうすることもできないのです。ただサムシンググレートにすべてをお任せして、今日この講演会に来てくださる方たちに最高の希望の話をしてさしあげること。私にできることはそれしかないと覚悟を決めていました。

村上先生との共演

教えられた建物を見つけてエントランスに入りました。立派な会場です。興奮していました。「ここで村上先生と講演させていただけるんだ！」。気を引き締めて会場を見て回りました。

村上和雄先生の講演会に招かれ、初めて村上先生の講演を聞いたときのことを思い出しました。金髪のカツラを被り、最前列に席を用意してもらい、私は特等席で村上先生の講演を聞かせていただいたのです。あれから約十年が経ちました。

誰かが私に「きみの体験をみんなに話したら？　あちこち講演して回りなさい」と提案してくださったのを隣で聞いていた村上先生は、「私はありがとうの話と村上先生の話しかできません」と言う私に、

「それでいいんじゃないか」

とおっしゃってくださったのです。

それからです、私は勇気をもって、皆さんの前で話をさせていただくようになりました。

そんな私が、今日こうして村上和雄先生と一緒に講演会をさせていただくなんて、思いもよらなかったことです。胸が一杯です。何より久しぶりに村上先生にお会いすることができます。今度は私の講演を、村上先生に聞いていただくことができるのです！

いよいよ村上和雄先生が会場に到着され、再会の時が来ました。

村上和雄先生は奥様と控室で昼食を取られているところでした。ご挨拶申し上げると、先生はわざわざお立ちになり、こちらを向いて握手してくださいました。

「先生。お久しぶりです。今日は、講演を引き受けてくださいまして、本当にありがとうございます。本当に感激しています。ありがとうございます」とご挨拶すると、先生は、「地震は大丈夫でしたか?」と開口一番、熊本地震のことを心配してくださいました。電話で会話したことはありますが、奥様にお目にかかるのは初めてです。丁寧にご挨拶しました。奥様も『遺伝子スイッチ・オンの奇跡』をお読みになっていて、感動しましたと言ってくださいました。

そろそろ開演時間です。たくさんのお客さまが会場を埋め尽くしました。用意した席数では足りないと思うほどの大入りです。舞台袖から客席を見渡し、大きく深呼吸しました。

そのとき、後ろから主催者の方に呼ばれました。

「みんな熊本の地震のことは心配していると思うから、最初に一言、地震のことを報告し

熊本地震のさなか、アシードの仲間と村上先生ご夫妻を囲んで（東京講演会）。

てはどうですか?」とおっしゃるのです。

私も本当はそうすることが礼儀かもしれないとも思いました。けれど、「今の私は熊本のことを思って地震のことを話すと、たぶん泣いてしまって、きちんと希望の話ができなくなるかもしれません。村上先生も来られているこの講演会を、悲しい気持ちで始めたくないのです。今日は、私にできる限りの元気と勇気と希望を皆様にお伝えしたいので、地震の報告は最後に挨拶する木下供美に任せたいと思います。それでよろしいでしょうか」とお願いしたのです。

私は今日ここで、最高に幸せな波動を皆様にプレゼントしたい。私が今できる最善のことは、今日ここに集ってくださった方に少しでも希望を持っていただくことです。そこに集中したいと思いました。

スポットライトが当たる華やかな舞台です。紹介されて壇上に上がりました。温かい拍手で迎えてもらい、とても幸せな気分でした。私は深く一礼をして、最大限の愛と感謝の気持ちを込めて「皆様、今日はこの講演会にお越しくださいまして、本当にありがとうございます」と始めました。

皆さんお一人お一人にはどんな人生のシナリオがあるのでしょう。ここにいらした方も皆さん、七十兆分の一の奇跡の存在です。それぞれなくてはならない尊い存在なのです。お一人お一人にどうか伝わりますように。この祈りにも似た感謝の気持ちが伝わりますように。

そう願いながら、一時間ばかりお話しました。

話し終えたとき、この会場が完璧なハーモニーで一つになっているように感じていました。ここは小さな宇宙空間。皆さんの愛の温かいエネルギーが自然な流れとなって循環し、皆それぞれに必要な分だけ過不足なく分け与えられているようでした。

続いて村上和雄先生の講演が始まりました。ゆっくりした村上節を聞くのは久しぶりです。失礼ながら科学者らしからぬ話しっぷりは、まるで漫談家のそれのようです。最初から爆笑の嵐。真面目にお話になるので真面目に聞いていると、最後にお決まりのズッコケ落ちが待っています。私は村上先生のお話を聞きながら会場を見まわしてみました。皆おなかを抱えて笑っています。先生はその笑いの中に、なるほどと思わせる科学的な裏付けに基づいた話をされるのです。楽しく笑いながら勉強できるなんて、これで遺伝子が目覚めないわけがありません。会場にいた人は間違いなく何個かの遺伝子が目を覚まし、ますます健康な体と幸せな現実を手に入れたことでしょう。

最後に、木下供美が皆様へのお礼を述べ、熊本大震災でいま大変な状況であることを皆さんにお伝えし、復興に向けてのご協力のお願いをしました。「日本語もままならないネパール人三人が、今どんな思いで房美の帰りを待っているかと思うと心配でなりません」という供美の言葉を聞いて、胸が痛くなりました。早く帰って彼らを安心させてあげたい。

すべてのスケジュールを終え閉会の言葉が述べられると、私はあっという間にたくさんの人に取り囲まれました。皆さん感動してくださっています。皆さんと握手しながら、希望を持ってくださった皆さんの感動を共有していました。いつまでも皆さんとこうしてつながっていたいと思いました。とてもとても心地良く感じられました。

今ある命を誰かのために

その夜は横浜のいとこの藤岡智彦の家に泊めてもらい、翌朝少し早めに羽田に向かいました。熊本空港は十六日から完全に閉鎖です。熊本行きの航空チケットを福岡行きか大分行きに変えてもらい、そこから熊本に帰るしかありません。空港の搭乗手続カウンターはいつになく混雑していて、チケットを手に空港スタッフと話している人が目立ちます。

熊本支援と書いたゼッケンを付けた団体が搭乗待合室に入っていきます。羽田空港も物々しい雰囲気に包まれています。私たちも搭乗手続きカウンターに行き、熊本行きを福岡か大分に変えてもらえるかどうかを聞きました。福岡への便はすでに一杯。大分行きの便に乗れるようです。大分には供美の実家があり、講演会に参加できなかった供美の弟工藤慎剛が空港まで迎えに来て、供美の実家に送ってくれる予定です。見送りに来てくれた横浜のいとこたちと別れ、私たちは慌ただしく大分行きの便に乗りこみました。大分空港に着くと、慎剛が迎えに来ています。アシードの仲間はいざというときにすぐにこうして助けの手をさし伸べてくれます。これまでどれほど助けられたかわかりません。供美の実家まで行きました。供美の父親は私の叔父です。その叔父を自分の兄と思って育った私は、今でも叔父を「兄ちゃん」と呼びます。兄ちゃんの家に着くと、兄ちゃんは「支援物資を買いに行くぞ！」と私たちを買い物に連れ出しました。そして水やカップラーメン、トイレットペーパーその他、避難生活に必要になる品々の買い揃えです。兄ちゃんの心遣いに胸が熱くなりました。

その夜は大分泊まりです。九州に帰ったといっても、熊本周辺の道路事情など何の手がかりもありません。情報が錯綜していて、詳しいことが何一つわかっていないのです。翌十八日。久留米に住むいとこの池田いづみが私たちを迎えに来て、熊本まで送ってもらう段取りです。いづみは熊本周辺の地理に詳しく、道路事情にも精通しています。

明日は熊本に帰れるだろうか。早く帰ってゴトムさんたちを安心させてあげたい。熊本までもう少しというところまで帰ってきているというのに、すぐに帰れないもどかしさに不安になっていました。「今頃、ゴトムさんは何をしているだろう」。そう思っていると電話が鳴りました。ゴトムさんです。

十六日の本震直後、近くの公園に避難したゴトムさんたちは、その後小学校に避難していました。ゴトムさんは、

「避難所で、ほかの人と同じように、順番に並んで食べ物をもらっています。本当にありがたいことです。おにぎりと、パンと、水をもらっています。

このまま避難所にしばらくいることになると思います。ロータスには電気がきていないので、お店を開けることもできません。それでも、タンドール（ナンを焼く窯）で炭を使ってナンを焼くことはできます。考えたのですが、今ある材料でナンを作って、避難所に持

って行ってもいいですか？　私たちも、何かできることをしたいのです」

そう提案するのです。

涙が出ました。その申し出が嬉しくて、ありがたいのです。

彼らはたくましく自分たちでなんとか避難所生活をしながら、避難している方たちに自分たちの作ったナンを食べてほしいと言っているのです。ガイジンの自分たちが他の人たちと同じようにおにぎりとパンをもらえることに感謝しているのです。ゴトムさんたちのことを心配する必要はありませんでした。彼らはたくましく、この避難所で自分たちができることを考えて、実行しようとしているのです。

私は、いつものナンよりも少し小さめにして、たくさんの方が食べられるようにして焼いていってねとゴトムさんに伝えました。ゴトムさんは早速その小学校の先生にそのことを伝え、焼きたてのナンを先生の車で小学校まで運んでもらい、避難所の皆さんに熱々のナンを食べてもらうことができました。

ゴトムさんは名セリフを口にしました。

「今ある命が、誰かのために役立つなら、神様も喜びます」

持っているものを分け与えるその行為は愛そのものです。食べるもの、着るもの、生活に必要なものを失った被災者たちは、数少ない自分たちの分から、人に分け与えているのです。それは宇宙空間から見下ろした、あの地球の完璧なハーモニーに通じているようです。自然な流れ、ハーモニーのある循環が、分け与えることで起きてくるのです。分け与えた分、過不足なくきちんとそれぞれに与えられるようになっています。分け与えられた人は分け与える人になる。美しい流れがそこにありました。その実例が、私の目の前にありました。

十八日朝、久留米から迎えに来てくれたいづみの車に支援物資を詰め込みました。行ってみなければ、熊本はどうなっているのかわかりません。とにかく行ってみるしかありません。私と供美、それからいづみの三人は熊本に向けて出発しました。これから被災地です。大分から久留米に出て、久留米から熊本に入るルートを選びました。高速道路は途中通行止め。主要幹線道路は大渋滞です。支援物資を運ぶトラックも立ち往生しています。渋滞を避けるために入った横道もまた大渋滞。多くの車は一ミリも動けずに長い時間ただ渋滞にはまっています。そんな中、裏道を知り尽くしたいづみの車はあっちへスイスイこっちへスイスイ。空いている進路を選び、あっという間にロータスに着きました。持つべきものはアシードの仲間です。

ロータスに着くと、連絡を受けていたゴトムさんが待っていました。やっと帰ってきた！　たった三日の出来事でした。けれど私は長い長い旅から帰ってきたように感じていました。ゴトムさんもホッとした様子です。コックさんたちに、みんな頑張ったねと言葉をかけました。本当によくやってくれました。

手分けしていづみの車に積んであった支援物資をロータスに運び込み、水が手に入ったから取りにおいでと知り合いや友達に連絡すると、ぽつぽつロータスに集まりました。たった三日会えなかっただけなのに、長いこと会ってなかったように感じます。みんなの顔を見てほっとしました。ああ、帰ってきたんだ。同時に、混乱状態のこの熊本で、何ができるのか考えました。

そのちょうど一年前。平成二十七年四月二十五日。ゴトムさんの故郷、ネパール・カトマンズ近くでマグニチュード7・8の大地震が起きました。死者八九〇〇人、負傷者は一万五〇〇〇人以上だったと言われ、ネパールの人口のおよそ三〇パーセントにも当たる八〇〇万人が被災したと言われています。

家族をネパールに残して日本で働いているゴトムさんたちは、すぐ帰りたいのですが、どうすることもできません。インターネットで放送される海外ニュースを見るしか手がありません。ネパールの実家に何度電話してもつながりません。大変な混乱状態でした。

地震から八時間後の夜十一時ごろ、ゴトムさんのお兄さんと電話がつながり、ゴトムさんの奥様と二人の子どもの無事が確認されました。あとの二人のコックさんの家族の安否がわかったのは、夜中の二時を過ぎていました。

世界で一番貧しい国だと言われているネパールで起こった大地震は、現在もまだ復興は進んでいません。被災した住民に対して、国はいまだ何もできていないそうです。地震で親を失った子どもたちは人身売買されるということもあるとゴトムさんは言います。ネパールの混乱をとても危惧しています。ゴトムさんは地震後ネパールには帰っていないので、状況はネパールに住む兄弟に聞くしかありません。故郷のことを話すとき、ゴトムさんはいつも本当に心配そうにしています。

日本に住む私たちは、つくづく恵まれていると思います。熊本も震災からもうすぐ十ヵ月になりますが、少しずつ街並みも元どおりになってきています。活気も戻ってきているようです。

同じ地球に生活していても、国によって環境は違います。私はゴトムさんたちと仕事をしていて、その環境の違いをつくづく考えさせられます。

宇宙空間から見た地球には、国を分ける国境ラインなどどこにもありませんでした。大きな五つの大陸と、青い海の中にたくさんの島々が見えただけです。一人一人が宝石のように輝き、どれもみな同じようにキラキラ光っていました。私たちは地球というゆりかごの中で、地球に愛し育まれている尊い存在なのです。誰一人この世界に不要な人などいないのです。何一つ、不要なものなどありません。

人種を超えて、国境を越えて、私たちは少しずつ持っているものを分け与え合い、誰もが満たされる世界になっていくことを願ってやみません。私たちは「地球人」です。私たちの誰もがサムシンググレートの織物の一部。みんなが「地球」という織物を作り上げているのです。

（第六章）

命を見つめて

悲しみを感謝に

人は七十兆分の一の奇跡で生まれてくる。それを知り、必要なものはすべて宇宙が準備してくれていると知りました。宇宙には「愛」しか存在しないと気付かされたのです。すべては愛で構成されていて、完璧な調和の中にあります。宇宙空間で地球を見下ろしているときに感じたその安心感。大きな腕にふんわりと抱かれているような気持ち良さは、あの後たびたび思い出して、胸が熱くなります。私が意識している、いないにかかわらず、宇宙はずっと私とともにいて、私という存在を一緒に体験しているのです。ワクワクしながら、好奇心一杯に。

いま私は、以前と違う自分を生きています。ものの見方ががらりと変わったのだと思います。出来事の一つ一つに感動しています。遺伝子が喜ぶ生き方は、私の人生をさらに感謝と感動で一杯にしてくれています。

ガンになる前の私は、起こる出来事について、その意味や役割など、あまり考えたことはありませんでした。その時々で対応するのが精一杯で、自分が経験すべきことが目の前の現実として広がっていることを理解していませんでした。

ガンになったこと。それが、愛をもって私に教えてくれているサインだということに気が付きました。目の前の現実にはすべて意味があるのだと知ったのです。

悲しいことが起こったとき、ガンになる前の私なら、ただ悲しみに耐え、時間の経過に癒しを託すしか術《すべ》を知りませんでした。けれど今の私は、そのことにどんな意味があるのか、私にどんなメッセージを運んでくれたのか、その悲しみから学ぶべきことを探します。その悲しみを放置して忘れる努力をしてみても、一歩も前に進めません。すると何度も同じ悲しみを味わい、その悲しみの核となる部分は、いつまでも私の中にくすぶって、何かの刺激で表出し、制御できなくなるのです。その悲しみを見つめて、意味を見出し、悲しみを味わいつくした先に、もう一歩前に進んだ私がいる。もう少し大きくなった私の心がある。

そう思うと、すべての経験が私という人間を大きくしてくれているのだと思うことができます。するとさらに大きな感謝の気持ちがこみ上げてきます。悲しみが感謝に変わり、苦しみまでも感謝に変わるのです。私は今、その状況の中にいます。だからいつも感謝を感じています。

与えること・与えられること

私にとって、夜寝ているときに見る「夢」は、特別なものです。私はふだん夢を見ることはほとんどありません。年に何度か、数えるほどしか見ないのです。夢を見た日の朝は、夢の景色がとても現実的に思い出され、夢なのか現《うつつ》なのか、区別がつかないようなこともあります。

折に触れて、私はその夢からメッセージをもらいました。行ったこともない神社の夢を見て、後日その神社に行くことになったり、どこかで見た記憶があるというデジャブ（既視感）に驚くというような具合です。とても現実的な夢を見たときは、それが何のメッセージなのか、何を伝えてくれようとしているのか、その日一日、意識して過ごします。

ゴトムさんから最初の電話をもらった朝も、「たった一人でも、あなたの目の前に困っている人がいたら、あなたは手を差し伸べてね」と、抜けるような青空から言われる夢でした。ですから、私にとっての夢は、見えない世界からのサインなのです。

三十代の頃のことです。ある夢を見ました。

「与えるか、奪うか。どちらを選ぶか」と問われ、私は「与えるほうを選びます」と答えました。たったそれだけの夢でした。けれど、その夢はとても現実的で、どこからともなく聞こえてきた声は、いつまでも耳に残りました。意味深い問いです。これは重要なメッセージに違いないと思いました。

私はその夢の問いかけを反芻《はんすう》していました。これまで私は「与えて」きただろうか。それとも「奪って」きただろうか。それまで深く考えたことはありません。けれど、私は夢の中で「与えるほう」だと答えたのです。

肉体を離れ、意識だけになった夢の中の私がそう答えたのです。

それが、私の魂が本当に望んでいることであれば、これから、「与える」ほうを選択して生きていこうと思いました。それほどインパクトのある夢だったのです。

それからは常に、目の前の人に私が与えられるものは何だろうと考えるようになりました。私は決してお金持ちではありません。与えると言っても、モノやお金を与えることはできません。私が与えることができるのは「心」「愛」「思いやり」。それを意識していると、「与えること」は許すことであったり、譲ることであったり、その時々で表情を変えることに気付きました。

そんなことを誰かに向かって宣言したわけではありません。目の前の人が少し幸せになれば――それで満足でした。誰に知られることもなく密かに、文字どおり「心を配り」、目の前の人にプレゼントする。最初難しいかなと思っていたその行為は、だんだん心地のいいものになってきたのです。十年以上もそれを私の信条にして生きてきました。「与えること」は幸せなことだと感じていたのです。

そうしてあるとき、私はガンになりました。

大きな湖

ガンと宣告されました。

ガンは自分を見つめる大きなきっかけになりました。宣告されてからの約一年間、私は自分の心の変化をずっと見つめていました。四十八年間必死に生きてきて、ふと立ち止まり、自分の命と向き合う静かな時間でした。人生のこの一大事に、自分の心がどんどん変容していくのがわかったのです。あの一年間は私にとって、幼虫がサナギになり、美しいチョウに成長して、自由に羽ばたくようになる、そんなプロセスだったと思います。
その一年間の心の変化を、心を開けて「さあ、どうぞご覧ください」と他人様に見せられたら、どれほどいいでしょう。そうできないのが残念です。それを言葉で表現してみようと思っても、さらに難しくしてしまうかもしれません。でも恐れずに、私の心の変化を書いてみようと思います。

ガンになったことで私の中での一番の変化は、「誰かを、何かを、愛おしく想う心」「誰かに、何かに対して、優しさを感じる心」が広く、大きくなったことだと思います。
子どもの頃から、私の心の中には大きな湖があり、その存在をはっきり感じていました。湖はいつもキラキラ光り輝くエネルギーが一杯で、私はいつも湖畔に立ってきれいなその景色を見ていたのです。

幼い頃、育ててもらった祖母と畑に行き、作業が終わるのを畑の端っこでじっと待っていたときも、同じ景色を見ていました。大きな雲さんが目の前に近づいてきて、「ひとりじゃないよ」と話しかけてきたときも、光が満ちたその大きな湖を身近に感じていたように思います。その湖畔にいると、とても安心するのでした。

ガンの宣告を受けた十二年前のその夜。私は布団に入り、ガン宣告の瞬間を反芻していました。受け入れがたいことでした。今朝ここで目覚めたというのに、それまでとは違う空気を吸っているのです。どこか知らないところにいるようでした。これは現実ではない、これは夢ではないかという思いがかすめます。でも次の瞬間、現実に引き戻され、その都度、冷たい手を当てられたように胸がヒヤリとします。それを繰り返している自分の心を見つめていました。

そこにあったのは、すっかり空っぽになった湖でした。あのあふれるほどの愛の光はどこに行ってしまったのでしょう。大きな口を開けたその湖をみて、心細くて仕方ありません。

しかしよく見ると、その湖は以前より何十倍も広く、深く、大きくなっています。いったいどうしたことでしょう。その大きさを見たとき、私はこう思いました。

「これまで大きいと思っていた私の中の湖は、今、目の前に現われたもっと大きな湖と比べて、なんて小さなものだったのだろう」

私の中の湖は、「誰かを、何かを愛おしく想う心」「誰かに、何かに対して、優しさを感じる心」のような存在です。空っぽの大きな湖を見て、私は自分の心がどれだけ小さかったかを思い知らされていました。

「これまでの私の心はなんと狭かったことだろう。与えることを人生の心地良さとしてきたはずなのに、こんな狭い心しか持っていなかったとは……！」

そう思って心を落ち着けしばらくじっとしていると、空っぽの大きな湖に光が流れ込んできました。見る見る湖は水で一杯になり、何十倍となった湖は、キラキラした光であふれました。どうして光が流れ込んできたのでしょう。光がどこから来ているのでしょう。訳がわからぬまま、湖が光で一杯になるのを見守りました。不思議だなと思いながら湖畔に佇んでいると、また少し落ち着いてきました。

それから数日後、今度はガンが広がりすぎていて手術ができないと言われたときのことです。悪いところさえ取ってしまえば何とかなると思っていた私は、一筋の希望も絶たれ、心底絶望していました。

その夜の病院のベッド。私は再び湖畔にいます。

ところが、大きくなったはずの湖はすっかり空っぽです。さらに、なぜか湖は何百倍にも大きくなっています。荒涼たる湖を前に私は不安で、そのときも自分の心の小ささを思い知らされていました。こうして空っぽの湖を見せられると、自分の心のちっぽけさを恥じ入るばかりです。またじっと静かにしていました。

すると、大きな空っぽの湖はまた光で満たされてきます。光が流れ込み、あっという間に一杯になりました。その湖を前にすると、やはり心が落ち着いてくるのを感じました。子宮ガンの手術ができないほど深刻な状態だというのに、光で一杯になった湖を見つめていると、なぜか心が落ち着いてくるのです。この光は何なのでしょう。どこから来るのでしょう。

さらに数週間後。

辛いラルスの治療を翌日に控え、村上和雄先生の本を読んで、自分が七十兆分の一の奇跡の存在だと知って感動したときのことです。私は宇宙空間に飛び出し、地球を抱きしめて感動の涙を流していました。優しくてやわらかな宇宙の意識に包まれています。安心してそのエネルギーの中に身を任せていました。お母さんのおなかの中にいるときのような絶対の安心感。そこに生きる人間や自然や動物や、あらゆるものが愛おしくて仕方がありません。そのときやっと私は気付きました。湖にあふれていたあの光は、宇宙のエネルギーだった、それは純粋な「愛」そのものだったと。

「良かったね。良かったね。この地球に生まれてくることができて、本当に良かったね」

そう言って地球を抱きしめていたまさにその瞬間、私の中の湖は何千倍にも大きくなり、宇宙の愛のエネルギーは湖をあっという間に一杯にしてしまいました。その光はあらゆるものの創造の源である、サムシンググレートからの愛でした。サムシンググレートは、私が不安になるたびに、私の湖を満たしていたのです。

私の心にある湖は、このとき、数百倍、いえ数千倍に大きくなっていました。この地球に存在するあらゆるものが愛おしくて仕方ないのです。すべてのものに愛をささげたい。すべての幸せを願わずにはいられません。誰かに、何かに私がどれだけ愛を分け与えても、有り余るほどの愛をサムシンググレートは私の湖に用意してくださっていたのです。世界中の人、世界中の動物、植物、そしてすべてのものに、この愛を送りたいのです。そうだったんだ……！　私自身も同じように、サムシンググレートの愛を全身で受けていたのです。

さらに数ヵ月後、ガンは体のいたるところに転移していて私は余命一ヵ月と宣告されました。カウントダウンが始まっていたのです。

村上和雄先生の本を読んでからというもの、私は自分の遺伝子にお礼を言ってから死のうと、一つ一つの細胞に、体中の臓器に「ありがとう」と伝えていました。これまで私を生かしてくれていた空気や水や、もちろん家族に、仲のいい姉妹・いとこたちに、出会ったたくさんの人に、お気に入りの服や髪留めにさえも。最後のときまで一つでも多く「ありがとう」を伝えよう。私がすることは、それだけでした。

私はもう死ぬことが怖いとは思っていませんでした。感謝の気持ちを伝えられないまま逝ってしまいたくないと思っていたのです。「ありがとう」という思いを伝えること以外、望むものは何もありませんでした。このとき、私の中の湖は、永遠と思えるほど深く、広く、さらに大きくなっていました。それは無限で、まるで私が飛び出していった宇宙でした。そこは宇宙の愛のエネルギーで満たされています。私の中の湖はいつしか宇宙になっていました。愛の光で一杯の宇宙そのものになっていたのです。

こうして私はガンになって、とことん命と向き合いました。

心を大きく揺さぶられる経験をするたびに、私の中の湖は大きく、深くなりました。心を揺さぶられるたびに、私は宇宙への扉を開けていったのでしょう。湖は、私の心です。死と向き合うたびに、私の心の許容範囲は大きくなりました。カウントダウンが始まったとき、「私」という存在は宇宙に溶け込み、ただ生きとし生けるものへの愛になっていたのだと思います。

サムシンググレートに愛されていると知った私は、それだけで幸せでした。私たちは創造の源であるサムシンググレートの子どもです。無条件に愛されています。サムシンググレートが何より望むのは、私たち生きとし生けるものの幸せです。サムシンググレートが望むものを、あの渦中で私も望んでいたのだと思います。愛を送り、受け取ってほしかったのです。

もう決して湖が空っぽになることはありません。それからの私は常にすべてを愛し、すべてに愛されています。すべてに感謝し、すべてから感謝されています。それが美しいハーモニーであり、循環なのだと思います。

「ありがとう」は祈りになった

村上和雄先生の本に出会ってからおよそ十二年経ちました。あの本を読んで、私は直観的に自分の細胞と遺伝子にお礼を言おうと思いついたのですが、結果的に、それが眠っている遺伝子のスイッチをオンにしていたのです。気が付くと、私のガン細胞は正常な細胞に生まれ変わっていました。

それ以来、遺伝子の喜ぶ生き方を選択し続け、感謝の生活を続けています。遺伝子の喜ぶ生き方とは、私自身が心地良くいられる生き方であり、それは毎日を感謝の心で過ごすことに他なりません。これまで何回「ありがとう」を言ったか、見当もつきません。数えたことはありませんが、１００万回にはなったでしょう。

今朝も朝を迎えることができました。

余命一ヵ月と告げられてからは、このまま眠ってしまったら二度と目覚めることはないかもしれないと不安でした。ああ、朝だ、と目覚めを迎えることのできるこの喜びは十二年たった今でも色あせていません。ありがとうという感謝とともに、毎朝目覚めます。「ありがとう」というと「ありがたい気持ち」が雪のように降って来て、心に降り積もる――このことは前に書きました。

私の心はいつも「ありがたい気持ち」で一杯です。ありがたい気持ちがあふれています。その状態で一瞬一瞬を過ごしています。これ以上の幸せがあるでしょうか。起こる出来事はすべて、私を幸せに導くサインです。感謝しかありません。私はますます感謝で一杯になります。

「ありがとう」の生活をすることで、眠っていた遺伝子が少しずつ目覚め、いつの間にか私と宇宙とのパイプは太く強くなっています。宇宙の完璧なハーモニーを感じています。「ありがとう」をただの決まり文句のように繰り返しているのではなく、心の深い部分、魂の奥から唱えられるとしたら、それは「祈り」です。目の前の人の幸せと健康を願い、その人に出会えたことに感謝する。その思いは、宇宙とのパイプを通って私から宇宙へ、そして宇宙からその方へ「ありがとう」のエネルギーを運ぶのです。

「ありがとう」のエネルギー、それを「愛」と呼ぶこともできます。

誰かの幸せを願い、愛を送ることを「祈り」というのであれば、感謝は祈りだと言えると思います。

ガンを経験し、もう命はないものと覚悟しました。死を覚悟したという経験から、私の中に「私」というものがなくなり、ただ、目の前の困っている方に対して「この人のために役立てる方法を教えてください」と願うだけなのです。

希望をなくしている人へは元気を、疲れた人には安心を、暗闇に閉ざされた人には明るい光を、私のあふれる「ありがたい気持ち」を贈らせていただくのです。感謝の生き方は私を「祈るように生きる」という方向へと導いている。そのように思えてなりません。

ですから、感謝と祈りを込めて講演会でお話させていただいています。

一人一人のお話を伺っています。

「目の前の方のお役に立てる方法を教えてください」

これが私の祈りです。投げかけた問いの答えは、必ず頂戴できます。

それを知っている私は、その祈りとともにこう唱えるのです。

「ありがとうございます」

〈エピローグ〉

楽しく、ワクワク生きる

この本は、私の育った環境や、私のもののとらえ方が違っていれば、この世に存在しなかったものです。もし、もののとらえ方が違っていたら、私はガンにならなかったかもしれません。そしてまた、こうしてガンを克服していなかったかもしれません。私の人生のプロセスのどこが欠けても、まったく違う結果になっていたでしょう。

たまたまあなたがこの本を読んでくださっています。それがサムシンググレートの織物の設計図に最初からあったものならば、私はやはり、この経験を皆さんにお伝えするという目的をもって生まれてきたのだと思います。

今となっては、辛い経験も苦しいことも起きたことはすべて、私へのギフトであったとはっきりわかります。今だから言えることです。辛い時期にそんなことを考える人はいないでしょう。

「それがプロセスだから」とか、「魂の成長のためだから」などと言われても、辛いときはその言葉がさらに自分を追い込み、苦しめてしまうだけです。今だから言えるのです。今の私になるために、その経験が必要だったと。

「人生は修行だ」などとも言われます。また、「私たちは魂の成長のために生まれてきた」などとも言われます。以前は私も、人生とはそういうものだろうなと思っていました。

ある尼僧の方にお会いしてお話していたときでした。

彼女は急に泣きだして、こう言うのです。

「生い立ちからのあなたの人生を、走馬灯のように見せてもらいました。よくぞこの年まで生きてこられましたね」

私は私の人生を生きてきました。私の主観で生きてきたので、この人生がそんなに辛いものだという認識はそれほどありませんでした。受け止め難い出来事もたくさんありましたが、幼い頃から、「じっと我慢してやり過ごす」ことが身に付いていたせいか、事態に抗《あらが》う術を知りませんでした。ただその出来事を受け止め、そのとき感じることをもって生きてきました。人生はそんなものだと思っていました。

ある日ガンになり、受け止め難い現実に直面しました。そこで村上和雄先生の『生命の暗号』に出会いました。ガンにならなければ出会えなかったかもしれません。たとえ出会えても、健康でるんるん生きていたら、先生のその言葉は私の胸を打つことはなかったでしょう。

それは完璧なタイミングでもたらされたサムシンググレートからのメッセージでした。サムシンググレートはいつでも、受け取る準備ができたものだけを与えます。準備ができたときを見計らって、絶妙のタイミングで与えてくれるのです。

自分という存在が七十兆分の一の奇跡の存在だということを知りました。

同時に、私の遺伝子のうち起きて活動しているのはわずか五パーセントほどで、あとの九五パーセントの遺伝子は眠っていると知りました。そんな奇跡の確率で生まれてきた私という存在が、遺伝子を目覚めさせないまま死んでいくとしたら、その遺伝子たちは自分が生まれてきたことさえ気付かないままです。それでは眠ったまま目覚めることのなかった遺伝子に申し訳ない。そんな思いで、六十兆個の遺伝子に「ありがとう」と伝えました。

「ありがとう」と言えば言うほど、私の心は穏やかになりました。遺伝子が喜ぶ生き方とは、結局、自分が心地良くいられる生き方でした。ワクワクして、人生を楽しんで、すべてに感謝して生きていると、眠っていた遺伝子が目を覚まし、私を生かすという仕事をしてくれるようになりました。するとテーマははっきりしました。

いかに楽しく、ワクワクして、「有難い」ことに気付いていくか。人生はそのことを追求していく場ではないか。遺伝子が目覚めた先の、無限の可能性を発掘する。

人生とはその挑戦ではないかと思います。人生は修行なんかではなく、この世は楽しむための場です。遺伝子を目覚めさせて、自分の無限の可能性を引き出していく。その挑戦を楽しむ場です。

村上和雄先生はいつかこうおっしゃっていました。

「人間の想像しうる範囲のことはすべて実現可能なのだ」と。私たちが人間としてこの世で達成できる可能性は無限なのです。

とはいえこれからも私は「辛い経験」から完全に解放されることはないと思っています。生きて寿命が尽きるまで、たくさんの経験をし、前進を続けるだろうと思います。必要ならば辛いことも経験するに違いありません。それもメッセージです。私に気付いてほしいから起こるのです。誰もがしない経験をし、たくさんの気付きをいただき、その結果、執着をなくし、人生の舵をサムシンググレートに任せて、客観的に人生を眺められるようになったとしても、この肉体をもって生きていくのです。まだまだ挑戦は続くでしょう。

それでも、以前の私のように、思いどおりにならない経験をして途方に暮れたり、それに翻弄されることはないでしょう。幸せかどうか、それは自分が決めていいと知ったからです。たとえどんなに辛い状況になったとしても、自分が七十兆分の一の奇跡の存在であることを知った以上、それを思い出しさえすれば、自分がそこに存在していることが、幸せなのです。そのままで、何もなくても幸せなのです。「有難い」ことなのです。そこには感謝しかありません。

そのことを思い出すことができれば、すぐに自分の居場所の中心に戻ってこられるようになりました。実際まだまだ忙しすぎたり、疲れたりしていると、つい気持ちが後ろ向きになって、遺伝子が喜ばない状態になることもしばしばあります。

けれど、私はそのたびに自分の中心に戻って来て、また挑戦を続けます。これまで唱えた「ありがとう」は数えきれるものではありませんが、出したものが帰ってくるという宇宙の美しい流れの中で、私の「ありがとう」は何度も何度も巡り巡って、そのたびに宇宙のエネルギーを取り込み、純度を増していくように思います。

「私の遺伝子、ありがとう。愛しているよ。

私の遺伝子の幸せを、心から願っています」

感謝の気持ちは祈りです。祈っているとき、サムシンググレートにつながります。

一瞬一瞬感謝しながら生きる。そうであるならば、生きること自体が祈りです。いつでもサムシンググレートとともにいられます。

偉大なる存在、サムシンググレートがこの世の創造者ならば、あなたもその一部、あなたの遺伝子もその一部。「ありがとう」と口にするとき、サムシンググレートはそれを聞いて、あなたの祈り、あなたの愛を受け取っているのです。

前作『遺伝子スイッチ・オンの奇跡』が出版されてから一年と少し過ぎました。本を読んでくださった方々からは、今でもお手紙やお電話をいただいています。ほとんどの方はたった今、ご自分の病気と向き合っておられます。私も今、そんな方たちにどうしたらもっと希望を持っていただけるのか、日々考え、取り組んでいます。宇宙の完璧なハーモニーと循環を、私自身もっと感じ、もっと自分の生き方に取り入れ、美しい流れの渦をつくっていきたいと思っています。

そしてみんなで宣言しましょう。

「ばんざーい！　人間に生まれてきて良かった！　神様、私はこの世に生まれて来ることができて本当に幸せです！」

「はい。そうです。あなたは幸せです。この世に生まれて来ることができた、そのことが『幸せ』なのです」

神様（サムシンググレート）はそう答えてくださるでしょう。

神様の答えはいつも「イエス」なのです。

気功的人間になりませんか
（帯津三敬病院名誉院長）帯津良一

自然治癒力を信じますか。それを高める日々を送っていますか。個人の「場」や自然の「場」を敬ってますか。どれかに当てはまるなら、あなたは気功的人間です。

四六判上製◎［本体１６００円＋税］

ガンと告げられたらホリスティック医学でやってみませんか
帯津良一

西洋医学で手に負えなくなって、「打つ手はありません、よその病院か、緩和ケアにでも行ってください」などと言われても、決してあきらめないでください。三大療法（手術、放射線、抗ガン剤）で行き詰っても、打つ手はあります。

四六判並製◎［本体１５００円＋税］

毎日ときめいていますか
帯津良一

朝から酒を飲む、タバコを一服する、好きな人に想いを馳せる……生き生き、ホカホカして、いのちが躍動している。それがいちばんの健康です。数値なんて、まあ、どうでもいいのです。

四六判並製◎［本体１４００円＋税］

宇宙方程式の研究
小林正観
（インタビュー 山平松生）

風のように、雲のようにやってきて、忽然と消えた不思議な人・コバヤシ・セイカン。あなたはいったい何者ですか、どこからやってきて、一体何を考えているの？——と、平凡な地球人が宇宙人に問いかけた一冊。

四六判並製◎［本体１４２９円＋税］

釈迦の教えは「感謝」だった
小林正観

この世の悩み・苦しみの根元は、「思いどおりにならないこと」と見抜いた人がいます。お釈迦様です。だから「思いどおりにしようとしないで、受け入れよ」と言いました。その最高の形が「ありがとう」と感謝することだったのです。

四六判並製◎［本体１４２９円＋税］

風雲舎の本

遺稿
淡々と生きる

小林正観

「ああ、自分はまだまだ分かっていなかった。病気にならなければ、大事なことを知らないまま死んでいっただろう……」
セイカンさんがたどり着いた大悟の境地。

四六判並製◎［本体1429円＋税］

ぼくが正観さんから教わったこと

（「正観塾」師範代）高島 亮

大事なのは、実践ですよ。
「五戒」「う・た・し」、そして「感謝」。
それを日常生活の中で実践することですよ。
愛弟子が見た小林正観の素顔と教え。

四六判並製◎［本体1429円＋税］

愛の宇宙方程式

（ノートルダム清心女子大学教授）保江邦夫

人を好きになるのも、人を投げるのも、UFOが飛ぶのも、同じ「愛」という原理だった。
物理学者がたどり着いた世界、
それが「愛」でした。

四六判並製◎［本体1429円＋税］

人を見たら神様と思え

（ノートルダム清心女子大学教授）保江邦夫

目の前の人、そこらを歩いている人をすべて神様だと思って、そのように接してみよう。神様に触れるように、敬意をもって、親切に、丁重に。それを続けると、何かが変わります。いいことが起こります。

四六判並製◎［本体1429円＋税］

予定調和から連鎖調和へ

（ノートルダム清心女子大学教授）保江邦夫

「アセンション」後、世界はどう変わったか。「予定調和」（これまで）から「連鎖調和」（これから）へと、古い世界は消えて、新たな次元世界（新リーマン面）が出現する。さあ、新しい世界を見てみよう。

四六判並製◎［本体1429円＋税］

神様につながった電話

（ノートルダム清心女子大学教授）保江邦夫

我を消そう、我をなくそう――ずっとそれを求めてきた。我が消えた。すると、神が降りてきた。神のお出ましは何を示唆しているのだろうか？何かが始まった。すべてが激しく動いている。

四六判並製◎［本体1500円＋税］

神に近づくには波長を合わせればいい！

（ノートルダム清心女子大学教授）保江邦夫 vs.（いろは呼吸書法）山本光輝

音霊一つひとつに神が宿る。単純な繰り返しに神が宿る。神が顕現する。それに、耳を澄ませ、波長を合わせ、神を感じる。さあ、面白くなる。魂と魂のぶつかり合う出まかせ対談。

四六判並製◎［本体1600円＋税］

麹のちから

（100年。麹屋3代　農学博士）山元正博

ホンモノの塩麹を採っていますか？麹は食べ物をおいしくするだけではなく、環境を浄化し、ストレスも消します。麹は天才です、愛の微生物です。

四六判並製◎［本体1429円＋税］

ほら起きて！目醒まし時計が鳴ってるよ

（スピリチュアル・カウンセラー）並木良和

スピリチュアルごっこなんかしている場合ではありません。そろそろ「本来の自分」を憶い出しませんか。宇宙意識そのものであるあなた自身を。

四六判並製◎［本体1600円＋税］

右脳の空手

（東京大学名誉教授）大坪英臣

船舶学の世界権威、左脳人間が65歳で空手を始めた。筋力を使わない。右脳で相手を倒す。こんな世界があったのか。その本源は「愛」だった。

四六判並製◎［本体1800円＋税］

工藤房美（くどう・ふさみ）

1958年生まれ。3児の母。48歳で子宮頸ガンを発症。手術できないほど進行しており「余命1ヵ月」と宣告さる。その病床で『生命の暗号』(村上和雄著・サンマーク出版)に出会い、遺伝子の働きに深い感銘を受け、細胞一つ一つ、臓器のすべて、抜け落ちた髪の毛一本一本に「ありがとう」を言い続ける。10ヵ月後、ガンは消えた。以来11年余、カレー店経営の傍ら、自分の経験を語り歩く。すべてに「ありがとう」と唱え、遺伝子の喜ぶ暮らしを実践していると、不思議な出来事が続出し、宇宙につながっていると実感している。本書は、前著『遺伝子スイッチ・オンの奇跡』の続編。

木下供美（きのした・ともみ）

1966年生まれ。宮崎県在住。3児の母。著者のいとこ。夫の経営する建設業の経理担当の傍ら、講演会のサポート等、著者の活動を支えている。

「ありがとう」100万回《まんかい》の奇跡《きせき》

初刷　2017年3月30日
4刷　2020年5月25日

著者　工《く》藤《どう》房《ふさ》美《み》

発行人　山平松生

発行所　株式会社　風雲舎

〒162-0805　東京都新宿区矢来町122　矢来第二ビル
電話　〇三-三二六九-一五一五（代）
FAX　〇三-三二六九-一六〇六
振替　〇〇一六〇-一-七二七七六
URL　http://www.fuun-sha.co.jp/
E-mail　mail@fuun-sha.co.jp

DTP　中井正裕
印刷　真生印刷株式会社
製本　株式会社　難波製本

落丁・乱丁本はお取り替えいたします。（検印廃止）

ISBN978-4-938939-88-5